가슴 한쪽 비우기, 나머지 한 쪽 채우기

 늘 가슴 한 쪽은 비어 있었다. 그 나머지도 시기와 질투와 미움의 물결로 가득 차 있었다. 그러나 언젠가는 비어 있는 가슴 한 쪽을 채워줄 너른 바다를 만날 것이라 생각해 왔다. 그 바다가 내 안에 들어와 시기와 질투와 미움의 물결을 재우고, 따뜻함과 사랑과 겸손의 잔잔함을 가르쳐 주리라 믿고 있었다.

이제 내 가슴 한 쪽을 비우는 시간이다. 지난 10년간 내 가슴을 채우고 있었던 언어를 버리는 순간이다. 아직 나머지 한 쪽을 채워줄 바다를 만나지는 못했지만, 오늘 내 언어를 비워냄으로써 그 바다가 찾아줄 공간은 더 넉넉해질 것이다. 옥석을 가리지 않고 내 모든 언어를 실은 것도 바로 이런 이유에서이다. 읽는 이들의 질책이 내 가슴을 새롭게 채워줄 고마운 산소가 될 것이다.

아버님께서 고희(古稀)를 맞이하셨다. 죽음 앞에서도 20년동안 초연히 투병생활을 해 오신 아버님께 이 책을 바친다. 이 모든 글이 아버님께서 보여 주신 침묵의 가르침과 사랑의 결정체이기 때문에, 당신이 함께 하시는 앞으로의 모든 시간이 내게는 무엇보다 소중한 시간임을 다시 한 번 깨달으며, 이 책이 나오기까지 도와주신 모든 분들과 기쁨을 함께 나누고자 한다.

1999. 10 한재 기슭에서

정 목 진

목 차

셋   늑대에서 종이학까지

넷   어머니에서 압구정동까지

목   차

전라도 압구정동

하나
사이다에서 깡탱이까지

'나가'와 '내가'

언어는 항상 변하고 있다. 북한의 방송에서 사용하는 언어를 듣고 있으면 1970년대 우리 나라 방송을 듣고 있는 듯한 착각에 사로잡히게 된다. 우리의 언어가 70년대에 비해 현저히 부드러워지고 세련되었기 때문이다. 개방화 물결이 북한에서 급속도의 언어 발달을 이끌어 내겠지만, 현재의 언어의 세련미는 문화의 차이를 입증하는 좋은 자료가 될 것이다.

꼭 북한과 비교를 하지 않더라도 서울의 언어와 지방의 언어는 높낮이나 세련미의 차이가 상당히 크다는 느낌이다. 높지도 않고 차분하며 조용하면서도 친밀감을 가진 언어가 서울말이다. 서울 나들이가 쉽지 않았던 옛날부터 서울을 다녀온 사람이면 감칠 맛 느껴지는 혀 꼬부라진 목소리를 먼저 보여 주곤 하였던 기억이 난다. 이러한 상황은 현재에도 그대로 남아 있는 듯하다. 지방의 방언에 비해 서울말은 경쾌하고 사교적이 되었다. 세계 문화의 중심권에 들어선 것이리라.

하지만 많은 사람들은 지방의 말인 방언에 대해 따뜻한 애정을 느끼고 있다고 생각된다. 조금은 투박하고 세련미가 없을지라도, 남들이 볼 때 서로 얘기하는 것이 아니라 싸우는 것처럼 보일지라도 고향의 말인 그들의 방언에 사랑스런 시선을 보이는 것이다.

내 고향은 전라도 땅이다. 평야와 곡창의 지대이고, 유배의 향토요, 수많은 유적과 문화가 숨쉬는 고장이다. 모두들 예향이라고 이야기하여도 전혀 거부감이 없다. 국어의 역사를 연구하는데도 전라도 방언을 빼고는 이야기할 수 없다. 고어(古語)의 모습을 그대로 가장 많이 간직한 것이 전라도 방언이기 때문이다.

나는 전라도 방언을 사랑한다. 그중 내 고장 여수 방언을 무척 사랑한다. 그것은 많은 어휘의 옛 모습을 가장 잘 간직하고 있기 때문일 것이다. 시류에 쉽게 변하지 않는 조선시대 선비들의 기개처럼 이 고장 어휘는 고어의 옛 모습을 몇 백년이 지난 지금까지도 그대로 간직하여 믿음직한 모습으로 남아 있는 것이다. 그 변함없는 우직한 모습이 내겐 유난히도 가깝게만 느껴지는 것이다.

'나'라는 단어는 '말하는 사람이 이름 대신에 자기 스스로를 일컫는 제 일인칭 대명사'로 조사 '가'가 붙으면 '내'가 된다고 국어사전에 나와 있다. 그래서 '내가'라고 표현해야 표준어가 된다.

그런데 이 고장에서는 '내가' 라는 표현이 아닌 '나가' 라는 표현을 쓰고 있다. 그저 방언의 한 종류인양 생각하고 지나갈 수 있다. 하지만 나는 이 어휘 역시 곱으로 씹어보고 싶은 생각이다. '나' 라는 대명사 밑에 주격 조사 '가' 가 붙으면 '나가' 가 된다. 이렇게 문법적으로 아무런 문제가 없는 어휘를 쓰는 것인데, 불행스럽게도 별다른 이유 없이 사투리가 되고 표준어는 '내가' 로 사용해야 하는 것이다.

'내가' 가 표준어가 되는 이유를 명쾌하게 설명하는 사람은 아무도 없는 듯하다. '국어 교육 연구원' 에서도 설득력 있게 답을 하지도 못하고 논문으로 그 이유가 밝혀진 것도 아니다. 추측해 보면 아마 대부분의 서울 사람들이 주로 쓰기 때문일 것이다. 또한 전설모음화(前舌母音化)와 고모음화(高母音化)현상으로 언어의 경제성 이론이 밑받침이 될 것으로 생각된다.

언어의 경제성 이론이란 언어 역시 경제처럼 최소의 에너지로 자신의 의사를 정확하게 전달하는 것이다. 우리가 명령문에 있어서 주어 등을 생략하는 것이나, 자음동화 현상, 또는 입안에서 혀를 앞으로 내밀어 편하게 발음하는 전설모음화 현상이나 혀를 자연스럽게 올려 발음하는 고모음화현상이 바로 이것이다.

'나가' 가 아닌 '내가' 가 되는 이유는 이와 같이 짐작할 수 있지만, 나는 '나가' 로 발음하는 여수 시민의 모습에서 힘들어도 우직스러움을 고집하는 모습을 읽어 내고 있다.

'나가' 와 '내가'

항상 변함없는 시골 사람들의 진실한 모습, 좁갑스럽게 변하지 않는 항구 도시의 인심이 나타나는 것 같아 친근감이 느껴지는 것이다.

근자에 이 고장 여수가 낳은 인기 연예인 '백일섭'이 자신이 등장하는 드라마에서 '나가'라는 여수 방언을 쓰더니, 표준말을 정확히 써야 할 방송에서도 연예인들을 중심으로 '나가'라는 표현이 유행되는 듯하다. 표준어를 써야 할 방송에서 방언을 사용하는 것은 바람직한 것은 아니나 내 입장에서는 두 손을 들고 환영할만한 사건이 아닐 수 없다. 더구나 이러한 전파 매체를 통하여 많은 대중들에게 회자되고 있다는 소식을 접하면서 나는 가슴이 설레는 전율을 느낀다.

시간이 흐르고, 많은 이들이 '나가'라는 어휘를 사용하여 표준어가 역으로 변한다면 어떻게 될까? 당당히 표준어로 쓰이던 '우렁쉥이'가 어느 날 사투리를 쓰던 서울 사람들에 의해 '멍게'에게 제 1 표준어의 자리를 내주고 제 2 표준어로 변해버렸을 때의 안타까움에서 환희의 순간으로 변하지나 않을까. 혼자서 엄청난(?) 상상의 나래를 펴본다.

뜬금없이 날아들 소식이련만. (1998)

년 놈

"여봐라! 이 년놈의 주리를 틀어 바른 말을 하도록 하라."

연속극 사극 속에 나오는 이런 말을 들을 때면 항상 짜릿한 느낌을 받는다. 줄거리에 감동해서도 아니고 고문하는 장면을 보고 즐기는 새디즘(sadism)이어서는 더욱 아니다. 다만 이야기 속에 나오는 '년놈'이라는 한 단어에 무한한 애정과 연민의 정을 함께 느끼기 때문이다.

이에리사, 정현숙 두 주인공이 1973년 사라예보에서 개막된 제32회 세계 탁구 선수권 대회에서 단체전 우승을 차지한 이래 1988년 제 24회 서울 올림픽의 양궁에서 김수녕이 최초의 금메달 2관왕에 오르기까지 대한민국의 낭자 군단의 활약은 대단하기만 하였다.

유전학적으로 한국은 여성이 우성이며 남성들은 정신 좀 차려야겠다는 빗발치는 원성(?)을 아로새기며, 여성의 엄청난 힘을 부러운 눈초리로 바라보는 것이 남성들이다. 이제는 남존여비의 부끄러운 사상에서 탈피해야 한다고 목소리를 높이는 여권운동가들의 주장을 듣고 있노라면 하염없이 불쌍한 우리의 남정네들에게 '힘 좀 냅시다'는 격려를 올리고 싶다.

그러나 한없이 못난 남성들이지만 요즈음의 일부 여권운동가들이 말하는 여권신장에 대해 무언지 한 말씀 올려야지 그냥 넘어가기 어려운 억울함이 소복이 쌓인다.

대체적으로 서구의 모든 사상은 잘 발달되었고 합리적이다는 선입관을 지니신 여권운동가들은 우리의 남성들이 여성존중의 정신이 부족하다는 서두를 꺼낸다. 그 예로 서양인들은 '레이디 퍼스트(Lady first)'의 정신이 강해, 심지어는 연설에서도 '레이디스 엔 젠틀맨(Ladies and Gentlemen)'으로 첫 마디를 시작한다고 한다. 이점에 대해 나는 '년놈'이란 우리의 단어를 통해 우리의 남성들이 얼마나 여성을 아끼고 존중하는가를 말하고 싶다.

'신사·숙녀 여러분!'으로 시작하는 우리말이 잘못 되었다는 주장에 대해 나는 순수한 국어를 통하여 여성 존중의 정신을 발견하고 싶다. 순수한 우리말 '년놈'의 '년'이 여자를 뜻하며, '처녀·총각' 역시 우리말로써 '처녀'가 앞에 나오니 서구에 비길 바가 아니기 때문이다. 오히려 태어날 때의 성(性)인 '제임스'가 결혼을 하면 '스미스' 등으로 바뀌는 서양의 여성들이 남녀 평등의 혜택을 누리지 못하는 지도 모르겠다.

이런 얘기를 나누다보면 왜 하필 '년놈'이라는 속어를 통하여 여성존중의 정신을 부각시키는 것인가 하는 반문이 나온다. 오히려 여성천대라는 반어적 표현이 아닌가 하는 의구심을 지닌 채 다음 말을 기다리는 자아의식이 강한 여성들에겐 부연설명이 필요할 것이다.

사실 조선이 개국되어 유교를 국교로 삼자 '남존여비', '모화사상'이 매우 강화되어 모든 문자를 한자(漢字)로 쓰는 경향이 높아져 순수한 우리말이 속어나 비어로 전락하였다. 더욱이 유교의 영향으로 인한 남존여비의 여성천대 의식이 남성 위주의 한자문화와 어우러져서 더욱 가속화되었다.

그러나 이러한 조선사회에서도 그 동안의 여성존중의 정신을 몇 가지나마 찾아볼 수 있으니 그 첫째가 '년놈'인 것이다.

조선사회에서 일부 양반을 제외한 대다수의 양반과 평민들에게 두루 사랑을 받고 쓰여온 단어가 '년놈'이요, '처녀·총각'이니 여성존중의 대표적 증거라 하겠다.

다음으로는 '정난정'의 일화에서 찾아보고 싶다.

조선시대에서 유일하게 본 부인을 쫓아내고 후일 정경부인의 자리에까지 올랐던 희대의 요부 정난정은 본 부인을 쫓아내고 나서 두가지 일을 한다.

첫째는 남편 윤원형에게 이제 본 부인이 되었으니 말을

높여달라고 했다. 이는 남존여비의 조선사회에서도 본 부인에겐 깍듯이 높임말을 쓰고 있었음을 알 수 있는 것이다.

둘째로 그녀는 본 부인에게 광 열쇠꾸러미를 받아내고야만다. 이 시대에 있어서 광 열쇠꾸러미는 경제권을 의미하여 남편은 집안에서의 모든 살림은 내자(內子)에게 맡기고 그 사용 용도를 묻지 않았다. 실제로 시집살이하던 며느리에게 시어머니께서 광 열쇠꾸러미를 넘겨주는 날은 그 집안의 경제권이 며느리의 손으로 넘어가고 시집살이가 끝났음을 알리는 것이다. 집안살림은 여성에서 모두 맡기고 믿는 여성존중의 정신으로 좋은 예라 하겠다.

마지막으로 조선시대의 민담 한편을 더 살펴보기로 한다.

어느 날 궁중에서 어전회의를 개최하는 데 회의를 주재해야 할 영의정이 무려 한 시각이나 늦게 참석하였다. 임금님은 화가 났지만 화를 억누르고 늦게 참석한 사유를 묻자 영의정은 집안사람과 가사 일을 의논하다가 늦었다고 대답한다. 이에 임금님은 대신들을 향하여 영의정처럼 집안사람의 말에 순응하는 사람들은 왼편으로 물러서 보라고 지시하였다. 처음에는 눈치만 살피던 대신들이 하나 둘씩 왼편으로 물러나더니 나중에는 한 사람의 대신만이 그 자리에 남았다.

어처구니없는 장면을 보고 임금님이 혼자 남은 대신에게

"경은 어이하여 혼자 남았는고?"

하고 질문하자, 혼자 남은 대신은 얼굴을 붉히며

"아뢰옵기 황송하오나 저의·집 안사람이 사람 많이 모이

년 놈

는 곳에 가지 말라고 하여서 여기 남아 있는 줄 아뢰오."
라고 답하였다 한다.

　지난 오 천 년의 역사 속에서 유교의 영향을 받아 남존여
비의 정신이 활개친 조선시대 오백 년, 이 오백 년을 제외
한 사천 오백 년을 우리는 여성들에게 깊은 애정과 사랑과
존경을 보냈으며, 앞에서 살펴본 바와 같이 조선시대 오백
년마저도 여성을 아끼고 그 의사를 존중하였으니 가히 여성
상위시대를 살아가는 첨단의 나라라 할만 하다.
　'남존여비', '한자문화를 통해 나타난 모화사상'의 채찍
과 고통 속에서도 인내로 버티면서 우리의 얼과 여성존중의
정신을 끝까지 지켜와 우리 남성들의 체면까지도 부활시켜
준 '년놈'이란 단어를 곱씹으며, '년놈'이 속어의 위치를
벗어나는 날을 상상해 본다. (1989)

유 , 알어?

80년대 초, 동두천에서 두 해를 보냈다. 인구 5만의 조그 마하고 아담한 도시였지만 미군 부대가 주둔하고 있어서 밤 이면 이국적 정서를 물씬 풍긴다. 생연동에서 보산동으로 이어지는 미군 전용술집(Bar)이 그렇고 퇴근시간이면 미 2 사단에서 쏟아져 나오는 미군들의 모습이 더욱 그렇다. 백 인·흑인·홍인 등 우리네 황인종과 어우러져 기묘한 분위 기를 연출하면 사람들은 자신을 추스르려고 노력해야 하건 만 오히려 자아를 잊어버리려는 움직임이 강한 곳이다.

해가 뉘엿뉘엿 넘어가 걸산리 뒷산 하늘을 온통 붉게 물 들였던 어느 날, 나는 후배를 만나려고 보산동에 소재한 미 2 사단을 방문하였다.

마침 월급날이어서 입구는 면회온 많은 사람들로 붐볐다. 대부분 여자들이었다. 내가 보기엔 아가씨들 같은데 한결같이 계약 결혼해서 살아가는 불쌍한 우리의 여인네들이다.

대부분 중졸 정도의 학력만을 가지고 있었지만 영어 회화하는 솜씨는 그럴 듯 하였다. 콩글리쉬라고 하기엔 너무나 자연스러운 모습이어서 생활영어가 얼마나 중요한 것인지 쉽게 느낄 수 있었다. 오히려 입에서 술술 내뱉지 못하고 머리 속에서만 완벽한 문장으로 만들어지는 영어, 자신감을 잃고 얼굴이 빨개져 얼버무리는 나의 영어는 글자 그대로 촌닭의 모습이었다.

그날 나는 나의 짧은 영어 실력 덕분으로 후배와의 연락은 실패로 끝났고, 혼자 보산동 생맥주 집에서 맥주 한잔으로 허전한 마음을 달래야 했다. 기본적인 회화마저 제대로 구사하지 못한 자신을 질타하면서.

그때 내 앞좌석에선 미군과 우리 한국 아가씨가 서로 마주보고 이야기하며 즐거운 시간을 보내고 있었다. 얼굴에 홍조를 띤 아가씨는 약간 들뜬 모습으로 연신 영어를 지껄이고 있었다. 비록 단어의 나열로 어설프게 내뱉은 회화였지만 자신감으로 가득 찬 목소리였다. 미군은 연신 고개를 끄덕거리며 배시시 웃고 있었는데 나도 모를 호기심으로 두 귀를 추켜세우지 않을 수 없었다. 짐작컨대 월급봉투를 받아든 아가씨의 즐거운 모습 뒤엔 미군의 득의양양한 우월감이 숨어 있는 듯 했다.

한참을 흥미롭게 엿듣고 있는데 두사람의 대화 속에서 전혀 이해 못할 문장이 튀어 나왔다.

"유 알어?"

"오우, 예스, 알어."

나는 또 한번 가슴 깊숙한 곳에서 울리는 자존심 상하는 소리를 들었고, 가득 채워진 술잔을 뒤로하고 자리를 떴다.

뒷날 영어선생님을 찾아 무슨 뜻인지 물어보았더니 고개만 갸우뚱하며 스펠링(spelling)이 무엇인지 묻기만 하였다. 옆에서 그 얘기를 듣고 있던 다른 동료가 배꼽을 잡고 나뒹굴었다. 그리고 한참을 웃고 난 후 자세한 설명이 있었다.

"앞의 단어 '유'는 'YOU'이고 뒤의 '알어'는 우리말 '아느냐'의 뜻 '알어'로 영어와 국어가 합쳐진 짬뽕 영어야"

나는 어이가 없었다.

"YOU, 알어?"

"Oh, Yes, 알어."

대단한 조어(造語) 실력이다. 한바탕 웃어 넘겼지만 마음 한구석이 찡하고 울렸다. 생활을 위하여 자신감을 가지고 영어를 만들어 가는 동두천 여인들의 절박한 심정과 정성어린 노력에는 경의를 표하지 않을 수 없었기 때문이다.

외국어의 조기교육론이 들썩인 지 10년, 찬반론의 거센 열풍이 지나가고 조용해진줄 알았는데 그게 아니다. 찬성론에 참여했던 많은 사람들이 아예 발 벗고 나섰다. 부유층을 중심으로 확산되고 있는 조기교육의 열풍이 대단하다. 언어 습득 능력은 유아기 때부터 지니고 있다며 수십 만원의 비디오 테이프를 장만하는 극성 부모의 수가 늘어간다고 하니 세계 최고의 교육열(?)이 쉽게 얻은 명성은 아닐 듯 싶다.

하지만 외국어도 하나의 언어일 뿐이다. 대화를 나누는데 있어선 만남이 중요하고 서로 다른 언어를 가진 사람도 의사소통은 할 수 있는 것이다.

20여 년 전 중학교 2학년인 동생에게 영어회화를 공부시키기 위하여 LG정유 간부로 파견 나온 미국인 가정에 매주 일요일마다 보낸 적이 있다. 한 달 후 걱정도 되고 궁금도 하여 동생에게 어려운 점이 없는가 물어보았다. 동생의 대답은 의외였다.

"형님, 나 영어 다 배웠어요."

무슨 애긴가 놀란 모습을 한 내게 동생은 대화에 거리낄 것이 없다는 설명과 함께 모르는 것은 손짓 발짓으로 모든 의사가 소통된다는 것이었다. 생활영어가 약한 우리네에겐 음미해야 할 표현이었다.

몇 년 전 홍콩에 갔을 때 세계적으로 유명한 점보식당(Jum Bo Restaurant)에 구경 겸 저녁 먹으러 갔다. 14만여 개의 불빛으로 단장한 식당이 항구의 아름다움을 한껏 더 빛내 주었다. 저녁을 먹으며 술 한잔 아니할 수 없어 종업원을 불렀다. 일행 중 한 명이 영어로 술을 시켰으나 그 종업원은 영어를 전혀 하지 못하였다. 갑자기 일행의 시선이 내게 쏟아졌다. 한문을 가르칠 뿐만 아니라 술을 즐겨하니 술 주문은 내가 하여야 한다는 것이었다.

밑져야 본전이라는 생각으로 종업원에게 마시는 시늉을 하고 우리말로 '죽엽청(竹葉淸)' 하였다. 다행히 종업원은 쉽게 이해하고 자리를 떴으며, 자리에 앉아 있던 우리 일행은 내가 술을 주문할 줄 알았다고 한마디씩 덧붙였다.

한참 후 종업원은 우리 숫자에 맞추어 나무젓가락 7개를
가져왔다. 모두 어이가 없어서 한바탕 웃음바다를 이루었고
나는 다시 식탁 위에 손가락으로 '竹葉淸'이라 쓰고 다시
'酒'자를 한자(漢字)로 썼다. 종업원도 나를 쳐다보고 빙
긋이 웃고선 다시 술을 가져온 기억이 있다.

위대한 태평양 시대를 우리의 것으로 만들기 위해선 외국
어 교육은 절실한 것이다. 하지만 국어도 이해하지 못한 유
아기에까지 조기교육을 강요하여서는 안 된다. 또한 앞으로
는 더욱 생활영어에 치중하는 영어교육으로 발전하여야 할
것이다.

우리 아들딸에겐 영어교육에 실패한 아빠의 실패담을 현
실감 있게 차근차근 설명하고 나서 한마디로 쉽게 가르쳐
주어야겠다. "유, 알어?"라고 자신 있게 말 할 수 있으면 영
어는 쉽게 정복할 수 있다고. (1992)

사이다, 사이다

몇 년전 탄생된 '츠사이다'를 우연히 맛보았다. 이름 자체도 그렇지만 콜라처럼 톡 쏘는 맛과 생수처럼 무미건조한 뒷맛 때문에 옛 생각이 새록새록 솟아나기에 그만이었다.

내가 어렸을 때, 이 고장에 조그마한 사이다 공장이 있었다. 상표는 '금실사이다' 였는데 대단한 인기였다. 톡 쏘아 가슴을 시원하게 하는 그 맛에 체증 걸린 사람들도 선호하였다. 소풍 때면 으레 김밥과 함께 금실사이다가 필수적으로 준비되었을 정도였다.

하지만 내게 있어선 맛 이상의 추억이 있다. 그것은 지금처럼 가게에서만 사이다를 판매하지 않았기 때문이다. 아낙네들이 광주리-일본어로 '다라이' 라고 불렀었지만-에 이고 다니면서 외쳤던 그 소리가 더욱 생생히 기억되기 때문이다.

"사이다, 사이다"
"사이다, 사이다"

여름이면 그 외치는 소리만 들어도 침샘은 거의 반사적으로 분비액을 배출하곤 하였다. 그런데 재미있는 것은 아낙네의 외침에 나타나는 언어의 사용이다. '사이다, 사이다'에서 앞의 '사이다'는 '사시요'라는 청유형의 동사이며, 뒤의 '사이다'는 '사이다' 즉 명사로써 쓰여진 것이다.

가끔 경상도 아낙네가 장사하러 다니면서,

"사이다, 사이소"

하고 외치기도 하였지만 이 고장 아낙네들은 너나 할 것 없이,

"사이다, 사이다"

하고 외쳤던 것이고 나는 그 단어 속에서 짙은 고향의 갯내음을 맡을 수 있었던 것이다.

사실 방언(方言)은 알게 모르게 고향을 느끼게 하고 쉽게 마음을 열고 따뜻한 정감을 나누게 한다. 전라도 사람에겐 '이 놈의 문둥이 자슥' 하면 최고의 욕설이 되지만, 경상도에선 '아이고마, 문둥이' 하면 최대의 친근감을 표현한 것이다. 부둥켜안고 눈물을 글썽이며 문둥이 타령을 하는 경상도 사람들을 우리는 공감대가 다른 하나의 문화로서 이해해 주어야 한다.

하지만 이 방언 때문에 나는 엄청난 시련을 겪기도 하였다. 대학원을 다니면서 '국어학'을 전공할 때였다. 한 학기에 한 번씩 하는 세미나에 논문 한 편 발표라도 하면 나는

어김없이 지도교수실로 불려가곤 하였다. 내용도 내용이려니와 빠지지 않고 지적 받는 것이 언어사용 문제였다. 표준어를 사용하지 못하면 원하는 길로 나아갈 수 없다는 교수님의 지적은 무척 중요하고 정당한 가르침이었던 것이었지만.

덕분에 나는 이 년만에 거의 완벽한 표준어 즉, 서울말을 사용할 수 있었다. 처음 만난 사람들은 내게 고향이 서울이냐고 물을 정도였다.

하지만 나는 오래지않아 고향으로 돌아왔다. 그런데 다음 날부터 나는 또 다른 언어 연습을 시작해야만 했다. 그리고 진정한 방언과 표준어에 대해 나름대로의 객관적인 개념 정의를 내려야 하였다.

세월이 흘러 대통령 선거가 있자, 안타깝게도 동서의 대립이 자연스레 형성되었다. 모 대통령 후보의 언어사용의 문제점이 조심스레 거론되기도 하였다. '학실히' '우째, 이란 일이'라는 유행어도 나왔으며 문제의 후보가 발음 공부를 다시 하고 있다는 언론기사도 접할 수 있었다.

그러나 언어의 문제가 선거에 조금도 영향을 미치지 못하리라는 것을 나는 느끼고 있었다. 내가 다닌 대학원 2 년동안 그쪽 지방 방언을 쓰는 학생에겐 어느 교수님께서도 언어의 교정을 지적해 주신 것을 본적이 없었기 때문이었다.

다행스럽게도 문민정부가 출범하고선 표준어가 다시 준거의 기능과 우월의 기능을 찾아가고 있는 듯한 느낌을 준다. 그와 동시에 TV연속극에서 천편일률적으로 등식화된

'범죄자 = 전라도 방언'의 모습이 확연하게 자취를 감추게 되었다. 앞으로는 방언이 그 지방의 가장 특색 있는 문화요 독특한 생활양식의 표현이라고 서로 인정하게 되리라 의심 치 않는다.

오늘도 나는 새로운 꿈을 꿔 본다. 사이다 생산 회사끼리 판촉 경쟁이 불붙어 거리로 뛰쳐나온다. 그리고 30여 년 전 에 들었던 우리 지방말로 목이 터져라 외친다.

"사이다, 사이다"

곁에서 듣고 있던 경상도 사람이 빙긋 웃으며 한 마디 거 든다.

"우째, 그란 말이" (1994)

요한 1서, 4장 18절

가을 이후 주말이면 더욱 바쁘다. 주위에서 결혼식 올리는 사람들이 많고 그들의 대부분이 토요일과 일요일에 식을 올리기 때문이다.

이 고장 여수에서 태어나 대학생활을 제외하곤 줄곧 고향에서 생활하다 보니 친인척을 비롯하여 선후배, 동창, 직장 동료에 이르기까지 많은 분들과 친분을 가지게 되었고 그러기에 찾아야 할 결혼식 또한 유난히 많은 편이다.

더욱이 부모님께서도 축하해야 할 결혼식이 많아 토, 일요일이면 우리 가족은 뿔뿔이 흩어져야만 하고 가끔씩은 예식장에서 재회를 즐기기도 한다.

특히 좋은 날이라고 하는 날이 일요일이면 대체적으로 예닐곱 쌍의 청첩장이 집으로 날아들고 우리 가족은 시간대별로 두세 군데씩 예식장을 나누어 하객으로 참석하는 일대

소동을 벌이기도 하고, 신랑 측 하객으로 부조하러 갔다가는 신부 측 또한 지면이 깊은 사이임을 예식장에서 뒤늦게 알아 봉투를 구하러 다니는 촌극을 벌이기도 한다.

모르긴 몰라도 조그만 지역사회에서 토·일요일이면 흔히들 목격할 수 있는 가정의 풍속도일 것이다.

"모든 지식 중에서 결혼에 관한 지식이 가장 뒤떨어져 있다."

프랑스의 사실주의 문학자인 발자크의 이야기이다. 인간의 지식은 한없이 발달하지만, 어떤 남자가 어떤 여자와 결혼을 해야 행복하게 잘 살 수 있느냐는 문제에 도달해서는 아직도 우리 인간으로서는 무지(無知)에 가깝다는 얘기다.

물론 요즈음 들어 결혼상담소에서 컴퓨터를 통하여 중매를 하는 사례가 늘어가곤 있다고 하지만 좋은 쌍으로 맺어지는가 하는 의문이 든다. 오히려 결혼 후 2~3년 내에 이혼하는 부부가 늘어가고 있다니 결혼에 대한 참된 공부가 절실히 필요한 시기가 아닌가 생각된다.

지난날 내 신혼 시절에 들어온 선물 중에는 매우 재미난 책이 한 권 있다. 윤경남·전택부 선생의 '부부십계명'이다. 내 책상 위 책꽂이에 항상 꽂혀 있는 이 책은 1906년에 발행된 '가뎡잡지(家庭雜誌)'라는 순 한글잡지에 실린 '부부십계명'을 두 분이 대화 형식으로 풀이한 것인데 읽을 때마다 새로움을 느껴 십계명만 소개하고자 한다.

제 1 계

　　남편 되는 이, 밖에서 불편하던 얼굴로 집안 식구를 대하지 마오.

요한 1서, 4장 18절
27

제 2 계

　남편 되는 이, 무단히 나가 자거나 밤늦게 돌아오지 마오.

제 3 계

　남편 되는 이, 자녀 있는데서 그 아내 허물을 책하지 마오.

제 4 계

　남편 되는 이, 친구의 접대로 아내를 괴롭게 하지 마오.

제 5 계

　남편 되는 이, 의복으로 아내에게 잔말 마오.

제 6 계

　아내 되는 이, 남편의 부족한 일이 있거든 조용히 권할 것이요, 결단코 군소리 마시오.

제 7 계

　아내 되는 이, 물건이 핍절한 소리내기를 절조있게 하시오.

제 8 계

　아내 되는 이, 남편이 친구하고 담화할 때 뒤로 엿보지 마시오.

제 9 계

　아내 되는 이, 함부로 남편에게 의복 구하기를 일삼지 마시오.

제 10 계

　아내 되는 이, 항상 목소리를 크게 하여 역하게 마시오.

오늘은 일요인데도 우리 집에서 찾아야 할 예식장은 단 한 군데뿐이다. 며칠 전 후배 녀석이 늦게 장가갑니다고 외치면서 잘 살 테니 두고 보라고 술잔을 들고 큰소리치던 모습이 뇌리를 스친다. 그래 요놈아 장가가서 잘 좀 살아라고 외쳐주워야겠다고 주섬주섬 옷을 주어 입었다.

예상외로 시내는 한가하였고 예식장도 안정된 분위기를 보였다. 30분만에 한 쌍씩 쏟아져 나오는 그런 예식장이 아니고 2시간 가량의 여유가 있는 상공회의소 예식장이어선지도 모른다. 어쩌면 내가 결혼한 장소이어서 옛 생각에 빠져 그렇게 느꼈는지도 모르지만 조금은 엄숙하고 경건하여 신선한 느낌마저 안겨주었다. 후배 녀석의 결혼생활은 오늘의 분위기처럼 신성하리라 기대하면서 식장을 빠져 나왔다.

다음 주말엔 서울에서 후배가 결혼하는데 시간을 쪼갤 수 없어 축전과 함께 조그만 선물이나마 보내야겠다. 축전에 뭐라고 새겨 보낼까 골똘히 생각하던 중에 두 분의 기억에 오래오래 남기고 전보료도 적게 들게「요한1, 4:18」로 써서 띄우기로 하였다.

"사랑 안에는 두려움이 없습니다. 완전한 사랑은 두려움을 몰아냅니다."

성경 요한 I 서 4장 18절을 인용한 것이다. 검은머리 파뿌리 되도록 열심히 사랑공부 하시길 빌면서.

하지만 나는 우체국 전보지를 들고선 매우 조심스럽게 나의 글씨를 관찰해야 할 것이다. 왜냐하면「요한 1, 4:18」의 글이「요한 4:18」로 바뀌면 큰 일이기 때문이다. 요한 복음 4장 18절은 다음과 같아서.

"너에게는 남편이 다섯이나 있었고 지금 함께 살고 있는 남자도 네 남편이 아니니, 너는 바른 대로 말하렷다." (1990)

요한 1서, 4장 18절

글짓기 공부

여름방학이다!

학생들 마냥 기다려지는 방학.

특별히 가치 있게 꾸밀 계획도 없이 그저 기다리는 자신이 우습기도 하고 부끄럽기도 하지만 그래도 좋다. 모든 기다림은 가치 있고 아름다운 것이듯. 나의 이 꾸밈없이 그대로 그렇게 기다리는 기다림도 있다는 것을 모든 이들에게 알리고 싶은 것이다.

하지만 이 방학이 나를 무작정 들뜨게만 하는 것은 아니다. 오히려 방학이 시작되면 진한 고민이 내게 그림자처럼 다가온다. 그것은 내 누이의 반강제적인 주문이 항상 기다리고 있기 때문이다.

그녀에겐 나의 사랑스런 조카이기도한 초등학교 3학년인 아들이 있다. 방학이 되면 내 누이는 녀석의 국어공부를 나에게 떠맡기는 것이다. 사실 정확히 표현하면 글짓기 공부라 해야 한다. 그러기에 내겐 부담감이 무척 크다. 국어, 산수 등의 과목보다 글짓기 지도가 더욱 선결이라고 생각하는 누이의 교육관에는 한없는 찬사를 보낸다. 하지만 어린 초등학생 꼬마에게 계획된 글짓기 공부를 20여일 시킨다는 것은 글재주가 미미한 사람에겐 버거운 짐인 것이다.

올 여름은 건강상태도 좋지 못하고 시간도 적당히 배려하기 어렵다고 누이에게 통사정을 하였다. 그러나, 강한 어조로 삼촌 노릇을 강요하는 그녀에게 더 이상 변명거리를 늘어놓아 보았자 별반 효과가 없으리란 생각이 들어 그저 운명이려니 체념하고야 말았다.

초등학교 1학년 여름방학부터 매 방학마다-그러니까 지금까지 4차례-동시, 일기, 독후감, 편지, 수필 등을 지도하였기 때문에 이제는 훨씬 쉽게 지도할 수 있으리라는 막연한 기대감에 기대어 나는 올 여름방학도 길고 무더운 시간을 가지기로 각오하였다. 우직하게도 녀석은 조금도 싫은 기색을 보이지 않았고 가르치는 대로 작품을 만들어내는데, 어떤 때는 가르치는 사람보다 훨씬 더 좋은 착상을 하여 내 얄팍한 실력을 위협하기도 한다.

오늘도 나는 녀석이 지은 동시 한편을 함께 감상하였다. '내동생'이란 제목의 시이다. 2연으로 구성되어 있는데 느낌을 아주 자연스럽게 표현했을 뿐 아니라, 운율마저 짜임새가 있어서 크게 고칠 부분도 눈에 띄지 않았다. 나는 띄어쓰기만을 지도하면서 글은 자연 그대로 진실하게 그리고 남과 다른 눈으로 쓰여져야 한다고 강조하였다.

저녁때가 되어서 누이에게 전화가 걸려왔다. 조카 녀석이 엄마의 글짓기론과 삼촌의 글짓기론이 다르다며 누구의 견해가 올바른 것인가를 질문하였다는 것이다. 자세한 설명을 요구한 나에게 그녀는 구체적 내용을 건네주었다.

그 요지를 간추리면 글을 쓸 때 지은이의 눈을 통하여 느껴지는 것은 어떻게 써도 좋은 것이니 손가락 다섯이 아니라 셋으로 볼 수도 있다고 엄마에게 배웠다는 것이다. 그런데 삼촌은 자연 그대로 사실적으로 써야한다고 하니 두 사람이 각각 반대의 가르침을 보였다는 것이다.

내일은 무엇에 대하여 얘기할까 고민하던 나에게 공부할 화제를 얻어낼 수 있었지만, 사실 문학의 진실성과 사실성에 대해 어떻게 설명하면 초등학교 3학년을 이해시킬 수 있을까 난감하기 짝이 없다. 그리고, 조카녀석과 처음 대면하였던 초등학교 1학년때의 여름방학이 떠올랐다.

조카의 여름방학이 시작되자마자 누이는 나를 청하여 1학년 1학기 '읽기' 교과서를 손에 쥐어주고 국어와 작문에 대해 지도하여 주기를 요청했다. 얼떨떨한 기분인 상태로 교과서를 끝까지 훑어본 나는 깜짝 놀랐다. 내 전공이지만 초등학교 입학생에게 국어를 이렇게 어렵게 가르칠까 하는 의문이 눈덩이처럼 불어났기 때문이다. 개인지도가 필요한 교과인데 책은 학기마다 한 권이었고 내용은 상당히 어려워 50여명의 반원을 모두 이해시키기에는 시간이 매우 부족하지 않겠는가 하는 느낌을 지울 수 없었기 때문이었다. 20명에서 30명의 반원이었으면 이 교과서가 큰 무리가 없겠지만 우리 나라의 현실은 한 교실에 그 2 배수 이상의 학생을 수용하기 때문이다.

초등학교 학생들까지도 과외가 극성인 이유가 국어 때문이 아닌지, 아니 조금 더 정확히 표현하면 학급당 인원수가 너무 많아 충분한 개별지도가 이루어지지 않아 많은 학생들이 과외를 받는 것이구나 하고 이해마저 되었다.

자라나는 어린이들에게 교육에 대한 지원과 예산이 더욱 많이 필요함을 피부로 느끼면서 초등학교 선생님들의 노고에 대한 존경심이 솟구친다. 그리고 학급 당 인원수가 적었더라면 방학 때마다 내 조카를 위하여 알량한 지식을 뽐내지 않을 수도 있었지 않았을까 하는 상상도 해 보았다.

어쨌든 나는 20여 일을 채우기 위해 앞으로도 닷새동안 더 봉사하여야 한다. 그리고 그 20일이 지나면 그 동안 제대로 가르쳤는가 반성해 보아야 한다. 솔직히 지난 4번의 방학동안 그런대로 무엇인가 열심히 가르쳤다는 느낌이 들지 않았기에 이번에도 만족하지는 못할 것 같다. 오히려 실력이 부족한 삼촌에게 사육 당하며 더욱 더 깊이 있고 개성적인 글을 쓸 수 있는 상상력과 표현력을 잃지나 않았는지 하는 불안한 생각에 도달할지도 모른다.

이 모든 생각이 정리되고 나면 뻔뻔스럽지만 자신감 있게 이런 주장을 하게 될 것이다.

'청출어람 청어람(青出於藍 青於藍)'
이라고. (1991)

작은 통일 속의 언어 통일

코리아 여자팀 세계 제패!

작은 통일을 이룬 코리아 남자군의 세계 제패로 '91세계 탁구선수권대회'가 열리고 있는 일본 지바의 열기가 뜨겁다. 남북 단일 팀을 이룬 특종기사에 이어 코리아 여자 팀이 강호 중국을 누르고 세계를 제패하였다는 제2의 특종기사는 세계를 메아리쳤다.

현정화, 리분희, 유순복이 주전으로 활약한 코리아 팀은 세계 제일의 덩야핑이 이끄는 중국을 맞이하여 무려 3시간 30분의 긴 장정 끝에 3:2로 이겨 우승을 차지한 것이다. 비록 결승전에선 우리의 현정화 선수가 예선과 준결승전을 홀로 고군분투한 피로로 인하여 체력의 열세를 보이긴 하였으나 불굴의 투지와 작은 통일을 이뤘다는 사명감으로 선전하였고, 마지막 단식에 나선 유순복이 그 동안의 피와 땀의 결실을 확인시켰을 때 우리의 금수강산은 남과 북 가리지 않고 흥분의 도가니에 쌓였다.

특히 우승 후 앞으로는 어떠한 일이 있어도 남과 북이 피를 말리는 대결은 하지 않겠노라고 당당히 선언한 리분희, 현정화의 기자회견 장면은 눈물겹도록 고마운 작은 통일이 었음을 실감케 하여 주었다. 그것은 세계 선수권 대회에서 개인 단식 우승의 경험을 가진 리분희가 간염 후유증에 시달리면서 발휘한 투혼 속에서 얻어낸 값진 교훈이다. 87년 세계선수권대회, 88년 서울올림픽대회에서 양영자와 여자 개인 복식 우승, 89년 세계선수권 대회에서 유남규와 혼합 복식에 우승하였던 현정화의 성실함이 얻어낸 값진 교훈이었다.

나는 그러한 감격과 흥분을 가누지 못하면서 우승에 앞서 일구어낸 작은 승리를 생각해본다.

지바에서의 전지훈련 과정이 거의 매일 신문지상을 통해 우리에게 알려졌을 때, 나는 내가 생각한 문제점을 유심히 지켜보았다. 그것은 이질화된 언어를 어떻게 극복하는가 하는 의문이었다. 특히 개인전에 있어서 개인복식과 혼합복식은 모두 남과 북의 선수로 짝을 이루었기에 더욱 궁금하였던 것이다.

남의 선수들은 '화이팅'에서 시작하고 북의 선수들은 '이기자'로 시작하는 문제점. 남북의 감독, 코치들도 이 문제에 큰 관심을 가졌던 모양이었다. 그리고 짧은 기간 동안에 언어의 통일을 이룬 것이다. 그것은 영어 원어 표기를 우리말로 모두 쓰는 북한의 표기에 따르기로한 것이다.

'서브'는 '쳐넣기'로 '스카이서브'는 '4m 볼을 올린 뒤 쳐넣기'로 그리고 '포핸드 드라이브'는 '바로 걸어치기'로 쉽게 고쳤던 모양이다. 다만 '이기자'는 구호만은 여러 정서를 고려하여 '화이팅(fighting)'으로 외치기로 하였다고 한다.

열심히 지도하는 남과 북의 코치들, 온 몸을 통일의 염원으로 불태운 남과 북의 남녀선수들은 언어의 통일을 제일 먼저 이루어 마음을 하나로 뭉쳤다고 하니 이 어찌 감격하지 않겠는가?

중국의 '핑퐁(ping-pong)외교'가 세계 평화 무드를 가져다 준 귀한 씨앗이었듯이, 우리의 코리아 단일팀 탁구대표단의 성실하고 희생적인 노력과 세계 정상에의 발돋움은 통일한국의 귀한 씨앗이리라. 이 땅에 부는 탁구 붐과 그 열기가 통일을 앞당기는 모임인 양 동참해본다. (1991)

內訌

한글세대란 단어를 심심찮게 접할 수 있다. 40대 초반까지를 한글세대라고 구분하는가 하면 해방 이후의 세대로 나누기도 한다. 모 대통령 후보는 자신을 한글 1세대로 주장하기도 하니 쉰 살 전후의 세대도 한글세대인지 모르겠다.

한글세대가 확산되어감에 따라 한자보다 한글을 쓰는 계층이 늘어가고 있다. 각 전문기관에서 쓰는 용어를 한글로 바꾸기도 하고 순 한글로만 만들어진 일간신문의 탄생을 보기도 하였다. 심지어는 한자(漢字)를 사용하고 있는 각 일간지조차도 자체적으로 그 수효를 한정하여 사용하고 있다. 사회의 발전과 변화가 한글세대에 의해 진행되고 있다는 증거이리라.

요즈음 신문을 보면 정치면에 '內訌'이란 한자말(漢字語)이 자주 나온다. 주로 정치권의 이야기로서 집권당 내의 계파 알륵에 관한 얘기다. 재미있는 것은 대부분의 독자들이 내용은 잘 알면서도 제호(題號)로 쓰여진 이 한자말은 읽지도 못한다는 것이다.

여기에서 '訌' 자는 '어지러울 홍' 또는 '내홍 홍' 자로 '내부에서 저희끼리 분쟁을 일으킴' '내부의 분쟁' 등의 뜻을 가지고 있다. 그리고 '內訌, 兵訌' 등 극히 제한적으로 쓰이는 글자이다.

그러면, 왜 대부분의 일간지에서 제호는 '內訌' 이라 써놓고서 본문에서는 '내분' 또는 '內分' 이라고 쓰는 것일까? 궁금하기만 하다.

기사(記事)는 기자들에 의해 쓰여진다. 기자들의 펜 놀림에 따라서 사회 정의가 실현되기도 하고 진실이 감춰지기도 한다. 그러므로 기자들은 올바른 가치관과 투철한 역사의식을 가지고 취재에 임하고 기사를 작성해야 한다. 불의에 대하여 과감하게 대응하는 이러한 '직필(直筆)' 을 우리는 사랑하고 이러한 기자정신을 가진 기자들이 많이 탄생되기를 바란다.

실제로 60년대, 70년대, 80년대를 지나오면서 우리의 많은 기자들은 소신과 소명의식을 간직한 채 해직되었고, 우리는 그들의 정의감에 존경과 경의 그리고 사랑을 보냈다. 요즈음의 많은 기자들 역시 선배들의 사명감과 전통을 이어받고 있다.

그러나 일부 기자들 중에는 자신의 직업이 수많은 직업 중의 하나라는 단순한 생각을 지닌 것 같다. 남보다 훨씬 많

內 訌

은 보수와 보너스를 받는 그들에게는 춥고 배고프지만 사회 정의 실현에 이바지하고 있다는 가치관이 사라졌고, 모난 돌이 정 맞는다는 의식 아래 적당히 그리고 완곡하게 기사 작성을 하고 있으며, 관행에서 벗어나지 않으려는 몸짓을 보이기도 한다. '內訌'이란 단어를 관행 삼아 쉽게 사용하는 그들에겐 역사의식이나 주인의식이 부족한 것이 아닌가 의심스럽다. 문맹자가 없어지고 세계 최고의 교육열을 가진 우리 나라에서 어려운 한자말을 적당히 나열해 유식한 척하는 것이 기자정신이라면 얼마나 위험한 것인가.

기자는 사랑 받고 존경받아야 한다. 역사의식과 소명의식을 가진 기자가 우리의 사랑과 신뢰를 듬뿍 받을 때 사회는 깨끗해지고 아름다워지는 것이다. 우리의 언어사회에서 이미 사어화(死語化)되어버린 '內訌'이란 단어에서 벗어날 때, 변화에 대한 세련된 감각 소유의 선진화된 기자가 탄생하지 않을까 기대해본다. (1993)

엄만 깡탱이

세상에서 가장 아름다운 것 셋 중에서 하나가 어머님의 자녀에 대한 사랑이라는 얘기가 있다. 흔히 듣는 이야기이련만 모두가 쉽게 공감하는 까닭은 자녀에 대한 부모의 애정을 직접 또는 간접으로 쉽게 접하기 때문일 것이다.

핵가족 제도가 정착되어 하나 아니면 둘만의 자녀를 거느리는 현대에 있어서 자녀에 대한 부모님의 사랑은 각별하기만 하다. 풍요로운 물질 문명 덕택이겠지만 자녀에겐 먹을 것, 입을 것이 무한정 공급된다. 아마도 남의 자녀보다 더 맛있는 음식을 먹이고, 멋진 옷을 입히고 싶은 부모의 욕심 때문일 것이다. 생활용품은 더욱 그러하다. 시중에 우후죽순처럼 생기는 유아점, 아동점, 학생점들의 점포가 이를 증명하고 있으니까.

교육에 있어서는 더더욱 심하다. 학생이 있는 집이면 한

가지 이상의 학습지가 배달되고 각종 학원과 과외교습도 기승을 부린다. 새벽 4시에 나가서 줄을 서서 유치원에 입학하기도 하고 그 입학 기념으로 할아버지로부터 피아노 선물을 받기도 한다. 초등학교 입학기념으로 영어회화 과외교습을 하게 되었다고 자랑하는 초등학교 일학년생도 있다.

　물론 일부 극성인 집안의 이야기련만 어렵지 않게 주위에서 들을 수 있는 이야기여서 자못 씁쓸해지기도 한다. 이러한 세태의 영향이어서인지 새로운 단어들도 가끔씩 탄생하기도 한다. 그 중에서도 '마마보이(MaMa Boy)'라는 단어는 유난히 섬뜩하게만 느껴지는 단어이다.

　일류대학에 자녀를 보내야겠다고 결심한 어머니. 그 어머니는 이의 달성을 위해 자신을 희생하기로 결심한다. 남들처럼 몸치장도 하지 않고 친구들과 함께 모여 수다떨기도 포기한 채 자녀 교육에 모든 신경을 곤두세운다. 유치원 시절에 두어 개의 학습지와 피아노 학원, 속셈 학원 공부를 하게 한다. 초등학교 시절엔 영어회화와 함께 과외학습을 시작한다. 중·고등학교를 다니면 각 과목마다 과외를 하게 되고 어머니는 일과표 작성부터 학습도구 사는 일까지 모두 처리해 준다. 대학과 학과도 어머니가 정해주고 수강신청도 도맡아 해준다. 이 대학생은 최고 지성의 학부에 몸담고 있지만 실제로 자신의 문제를 스스로 해결할 수 있는 능력을 전혀 갖추지 못한 것이다. 대인관계, 이성관계, 심지어는 결혼문제에 있어서도 어머니의 도움을 필요로 하는 '마마 보이'로 전락해 버린 것이다.

이런 '마마 보이'는 사물을 관찰하는 눈, 판단하는 능력을 상실하고 스스로 세상을 헤쳐 나가는 자아인(自我人)의 위치를 다시는 찾을 수 없게 된다. 누군가 옆에서 도와주지 않으면 불안과 초조 속에서 괴로워 할 뿐 자신의 문제점이 무엇인지 스스로 인지하지도 못하는 것이다.

모든 동물들도 자식 사랑이 가장 크거늘 하물며 인간에게 있어서의 자식 사랑은 얼마나 크고 넓은 것이겠는가. 하지만 부모가 당신은 생선 머리 좋아한다고 자녀에겐 항상 가운데 토막만 주었더니 늙어서도 마찬가지로 효도(?) 하더라는 얘기가 어떻게 보면 당연한 자업자득이 아닐는지.

얼마 전에 있었던 내 아들의 행동에서 남의 집 얘기라고 치부하던 내 자신의 무지한 교육관에 소스라치게 놀랐었으니.

애 엄마가 사과를 깎아 접시에 담아 내었다. 우리가 항상 영리하다고 철썩 같이 믿는 석찬이 녀석이 포크를 들고선 사과 한 조각을 찍어 할아버지께 올린다.

"할아버지, 사과 드세요."

다시 똑같은 동작으로

"할머니, 드세요."

"아빠, 드세요."

그리고 다시 하나 집어들고선

"이건, 내꺼"

하면서 입으로 가져가 덥석 베어 문다. 깜짝 놀라

"엄마도 드려야지"

하고 얘기하니, 녀석은 씩 웃으며,
"엄만, 깡탱이."
"뭐라고?"
"엄만, 깡탱이만 좋아하잖아!"
"…??!!" (1994)

둘

람바다에서 박찬호까지

열풍! 주부가요열창

　　"주부가요열창 표 한 장 부탁해요."
　　부탁 반 애교 반의 이런 청탁에 방송 담당자들이 진땀을
뺀 것은 말할 것도 없고 표를 시민들에게 배부하던 배부처
의 진열장 유리가 내려앉고만 웃지 못할 해프닝 속에 '주부
가요열창' 이라는 한 방송 프로그램이 이번 겨울 이 고장에
서 때아닌 과열현상을 보였다.
　　더더구나 옆집 누구는 주부가요열창에 참가 우승하여 부
부동반 해외여행을 가는데 우리 집사람은 노래 하나 변변히
못한다는 농담 한마디 건넸다가, 오죽 못났으면 여편네 덕
에 해외여행 가보고 싶어하느냐는 부인의 가시 섞인 말대꾸
에 소시민의 처량한 신세만을 맛보았다며 소주잔을 기울이
는 어느 술집의 풍경도 또한 그 열풍의 가시권에서 벗어나
지 못한 듯 하다.

작년 1월 1일 !

일도 볼 겸 친구도 볼 겸 동두천을 방문할 시간이 있었다. 서울에서 신문사 기자로 있는 친구와 함께 고교시절의 은사님을 모시고 2시간 걸려 동두천에 도착했다.

이곳에서 보안대장으로 근무하고 있는 친구가 반갑게 마중 나왔으며, 벽제에서 통신대장으로 근무하는 친구도 은사님께서 오셨다는 소식을 듣고 달려 왔다. 은사님께서는 십수 년 전의 개구쟁이들의 고교 시절을 돌이켜 보고 기자 광호, 보안대장 희수, 통신대장 명노 하시면서 먼 타향에서 사제지간이 만나서 이야기 꽃을 피우고 있다는 사실이 도무지 실감나지 않으신 듯한 표정을 지으셨지만 마냥 기쁨을 감추지 못하셨고, 우리 역시 흐뭇한 자리가 형성되었음이 매우 기뻤다.

저녁식사 후 이곳 주인 격인 희수가 조용한 술집으로 우리 일행을 안내하여 자리를 만들었는데 아담하고 깨끗한 곳이어서 더욱 분위기를 높여 주었다. 40대의 주인마담도 우리 일행을 정답게 맞아 주었는데 교양 있고 호감이 가는 미모의 여성이었다.

술이 몇 순배 돌 때 주인마담이 텔레비전을 켰다. 술 마시는 데 노래를 해야지 무슨 텔레비전이냐는 내 지론에 그 여자 하는 말이 엉뚱하였다.

"술장사 못하는 한이 있어도 오늘 텔레비는 꼭 봐야 해요."

도대체 무슨 프로그램인데 장사도 마다하느냐고 물었더니

"주부가요열창이에요."

라고 한마디하고선 이내 열중이었다.

사연이 있음직하여 자세한 이야기를 부탁하자 그녀는 우리 동두천에서 출연한 주부가 오늘 연말 결선에 나오는데 꼭 1등을 해야하므로 시민의 한사람으로서 열심히 응원해야만 한다는 것이었다.

내가 과거에 직장생활을 이곳에서 2년간이나 했지만 동두천 시민의 애향심이 이 정도로 강렬하지 않았기 때문에 무슨 깊은 연유가 있지나 않을까 하여 좀 더 구체적으로 설명해 주기를 간청하였고 그녀는 신세타령에 섞어 자세한 이유를 밝혀 주었다.

미군부대 주둔지로 더욱 잘 알려진 이곳 동두천은 그 동안 한과 애환만이 서린 곳이었지 누구 똑똑한 사람 하나 배출 못한 곳으로 이번 주부가요열창에 주부 전윤희 씨가 참가하여 연말 결선에까지 올랐는데 영예의 대상을 꼭 차지하여 주민들의 한을 달래주기를 바라는 것이라고 토로하였다. 더욱이 주부 전윤희 씨는 동두천의 애환을, 아니 우리 민족의 아픔을 그대로 간직한 여성으로 아버지가 흑인인 혼혈아이며 현재의 남편도 미군이기 때문에 전 시민이 거는 기대는 다른 출연자와는 비교도 안 된다는 것이었다. 그래서 시민들은 자신의 일처럼 성원도 하고 뒷바라지까지 했다는 것이다.

이날 저녁 주부 전윤희 씨는 동두천 시민의 뜨거운 성원에 보답이라도 하듯 영예의 대상을 수상하게 되었으며 우리 일행 역시 축하의 술잔을 기울이면서 삶의 현장에서 자생하려는 민초들의 꿈틀거림과 사랑을 함께 나눴다.

저녁상을 물리고 나서 집사람은 5살이 된 아들 녀석과 뽀뽀뽀 친구를 연신 불러 젖히더니 홍조를 띤 얼굴로 나를 쳐다보고선 미소를 머금는다.

그래, 주부가요열창의 열풍을 잠재워주는 우리 집 주부 열창의 모습에 기꺼워하자. (1990)

람바다 (Lambada)

한없이 높아만 가는 하얀 구름은 청량한 가을을 더욱 빛
낸다. 풍요의 계절, 결실의 계절이라는 표현보다는 쓸쓸하고
어딘지 비어있게 보이지만 중후한 여인의 기품 있는 모습이
라는 것이 조금 더 어울릴 성싶다.

'여도제' 축제 준비에 한창이다. 창 밖으로 빠른 속도로
스쳐 지나가는 흰 구름을 보면 완성된 작품의 성숙의 시간
이 성큼 다가섰음에 가슴 설레어 온다.

학생들이 준비한 모든 진행 순서와 작품들, 학창시절의 꿈
과 낭만을 누릴 수 있는 그들의 특권을 돌려주기 위한 작업
이 한창이다. 자신이 출연할 작품 속의 중요한 인물이 되어
버린 출연진은 몰두된 자신들의 모습에 스스로 기꺼워하고
있는 것이다.

축제가 열리기 일주일 전 갑자기 문제가 발생했다.

장기자랑 프로그램에 '람바다(Lambada)'라는 춤을 추는 순서가 마련되어 출연학생 3명이 모든 준비를 마치었는데 비교육적이므로 취소해야 한다는 여론이 대두되었기 때문이다. 이것은 행사 일주일 전 모든 프로그램을 최종 점검하면서 선생님들께 조언을 요청하였는데 관심을 보여주신 많은 분들께서 이의를 제기한 것이다.

사실 내가 처음 보았을 때도 약간의 저항감을 느꼈지만 기성세대의 몰이해가 아닐까 하는 의구심과 타 학교에서 축제때 이 춤이 공연되었으며 우리 학교 학생들 중에서도 이 춤을 출 수 있는 학생이 꽤 되어서 별 탈이 없으리라 생각했었던 것이었는데, 막상 공연을 앞두고 문제점으로 제기된 것이다.

이틀동안 나는 고민에 쌓이게 되었다. 그것은 그 동안 연습한 학생들을 출연시키지 않는다는 것 역시 무척이나 어렵고 힘든 선택이기 때문이었다. 어쨌든 이틀 밤을 나는 70년대 영화 '언제나 마음은 태양 (To sir with love)'을 수십 차례 상기시켰지만, 결국 이 작품 공연을 취소하기로 결정을 내렸다. 그리고 궁여지책으로 람바다 춤을 삽입시킬 수 있는 가요 '보고 싶은 얼굴'에 이 춤을 가미시켜 그 동안 준비한 학생들을 출연시킬 수 있었다.

축제는 성공리에 끝났지만 이 결정이 가장 효율적이었는가 하는 문제에선 산뜻한 결론을 얻지 못하였다.

얼마후 나는 이 문제의 영화를 비디오로 감상할 기회를 가졌다. 영화를 보면서 나는 기대 이상의 감동에 몸을 떨어

람바다 (Lambada)
51

야 했다. 몸으로 부딪쳐 현실과 함께 호흡하는 한 교사의 그 열정과 헌신을 피부로 느꼈기 때문이다.

70년대 초반 '언제나 마음은 태양 (To sir with love)'이란 영화가 항상 근엄하고 엄격한 교단의 틀을 깨고 학생과 함께 하는 교육현장의 모습을 담아내면서 새로운 교육사조를 뒷받침 하였고, 70년대 후반 '사운드 오브 뮤직 (Sound of Music)'의 영화가 영국의 썸머힐 (Summer Hill) 학교의 학생 중심의 교육관에 입각한 선생님의 정성과 노력을 함께 보여 주었다면, 이 '열정의 람바다 (Lambada)'는 한 걸음 더 나아가 미국에 존재하는 유색인종 차별의 문제를 한 일선교사의 애정과 설득 속에서 부랑아들을 교육의 현장으로 이끌어 교도하는 모습을 우리에게 적나라하게 보여 주고 있는 것이다.

더욱이 이 영화에서는 그 동안 구태의연한 행정가 틀을 벗어 던진 한 장학관의 교육에 대한 폭 넓은 견해와 관심을 심도 있게 표현하였다. 몸을 던져 교육하는 일선교사를 지속적으로 지원하는 확신에 찬 새로운 장학관 상을 우리에게 시사해 준 것이다.

이 장학관의 교육자적 신념을 보면서 불현듯 떠오르는 한 장학사의 모습이 있다.

82년 겨울, 고등학교 3학년 담임인 나는 대입 학력고사 원서를-각 도별로 접수하여야 되기 때문에-동두천에서 경기도청이 있는 수원에까지 가지고 가서 접수해야 했다. 그때 원서에 체력검사 확인서를 첨부해야 했는데 나는 깜박 잊어버리고 학력고사 원서만을 지니고 갔다.

접수처에선 당연히 접수를 거절하였고 나는 발을 동동 굴려야 했다. 사실 이날이 원서 접수 마감일 이었고 이때의 시간은 오후 3시를 가리키고 있어서 이제 다시 돌아가서 체력검사 확인서를 가져오기에는 불가능한 시간이었던 것이다.

입장이 난처해진 나는 담당 장학사 님을 찾았다. 자세한 사정을 이야기하고 우선 가접수라도 해 주시면 내일 다시 체력검사 확인서를 첨부하겠다고 말씀 올렸다.

담당 장학사 님은 딱한 사정이야기를 들으시더니

"틀림이 없겠죠?"

하시면서 등록을 받아줄테니 내일 다시 올 필요가 없다고 말씀하였다. 그래도 확인서를 확인해야 하지 않느냐는 걱정스런 나의 질문에

"교직 동지들이 서로 믿지 못하면 어떻게 학생들을 지도하겠습니까? 저는 정선생님을 믿습니다. 걱정 마시고 돌아가십시오." 라고 빙그레 웃으시며 악수를 청하였다.

감사하고 기쁜 나머지 그 분의 성함도 여쭙지 못하고 이내 돌아왔지만, 두고두고 그 분의 언행이 잊혀지지 않고 내 마음 속 깊숙이 남아 있다.

부모가 자녀를 교육시키든, 선생님이 교단에서 학생들을 가르치든지 간에 항상 밑뿌리는 믿음과 신뢰가 아닌가 싶다. 그것은 믿음과 신뢰가 함께 하는 생활 속에서는 달콤한 사랑의 밀어뿐만 아니라 아픔의 채찍까지도 쉽게 수용할 수 있는 학생들이 탄생되기 때문일 것이다. (1991)

람바다 (Lambada)

스무 살까지만 살고 싶어요

스무 살까지만 살고 싶어요. 열 여덟 살로 인생을 마감해야만 하는 한 소녀의 슬픈 얘기가 있다. 삶에 목말라 절규를 보내면서 스스로 통곡하며 자기 정리를 하나씩 해 가는 그녀의 모습에서 어떤 느낌을 가져야 하는가?

골수암. 온 몸에 퍼져가는 암세포. 얼마 살 수 없다는 의사의 선고를 농담처럼 흘리며 씨익 웃어넘기는 무서운 한 소녀가 되어야 하는 것이다.

민초희의 얘기. 날마다 저마다의 사연을 묻으며 슬프게 죽어 가는 사람들. 단지 그 많은 사람들 중의 하나일 뿐이건만 끝내 내가 눈물을 적셔야 하는 이유는 무엇일까?

조그맣게 가슴에 와 닿는 공감대, 여유 있는 동정, 마음속 깊숙하게 터져 나오는 사랑, 그 중 어느 하나일지 모른다. 책을 읽으면서 그냥 눈물이 흐른다는 느낌과 함께.

ㄷ시에서 학생들을 가르치던 10여 년 전. 유난히 커다란 보름달을 볼 수 있었던 추석날. 나는 우리 반 학생들과 시내에 위치한 '부랑아 수용소'를 방문한 적이 있었다.

연고가 있어서도 아니고 사랑이 몸밖으로 솟아 나온 것도 아니었다. 다만 고생 없이 자란 우리 반 학생들에게 이렇게 살아야 한다고 가르치고 싶은 의무감에서 비교적 단순히 제안한 것이다.

'부랑아 수용소'의 장소 선택은 학급회의에서 결정된 사항이다. 시내에는 고아원이 따로 없고 이곳에서 고아, 정신 질환자, 불구자 등을 수용하고 있다는 한 학생의 의견에 모두들 찬성하고는 자세히도 알아보지 못한 채 용감히 방문하였다.

여고 2년 생. 그녀들과 함께 간 '부랑아 수용소'는 예상보다 심각한 환자들이 많았다. 사실 여고생을 데리고 오기에는 너무하다는 생각이 들었다. 그리고 사고라도 생기지 않을까 하는 걱정마저 솟았다.

짐작대로 학생들은 그들과 접촉하기를 노골적으로 꺼려하였다. 각자 집에서 몇 개씩 들고 온 과일과, 학급비를 통해 만든 떡을 선물로 전해주고 그냥 가자는 학생들도 있었다. 솔직히 나도 조금은 겁이 나고 불안하였다. 하지만 그냥 물러설 수만은 없었다. 나는 무엇인가 시도하여야만 하였다. 그래서 멋쩍은 분위기를 바꿔야만 했다. 그러나 좋은 묘안은 떠오르지 않았고 초조해지기만 하였다.

나의 이런 모습과는 달리 그곳 원장님께선 기쁨으로 벅차서 예정에 없는 인사말을 부탁하였다. 인사말 대신 나는 '빈대떡 신사'라는 유행가를 멋들어지게 뽑아 젖혔다. 사실 경황이 없어서 박자, 음정 다 틀렸던 낙제 점수의 노래였다. 하지만 노래의 효과는 예상을 뛰어 넘었다. 정신박약아들보다 우리 반 학생들이 나의 의외의 푼수 같은 행동에 긴장이 풀렸던 것이다. 그 자리에 참석한 모든 사람들은 한바탕 웃음과 함께 박수를 보냈는데 노래 부른 내가 더욱 멋쩍어져서 얼굴이 벌개지고 말았다.

인간은 태어나면서 적응력을 지니고 있었는지도 모른다. 학생들은 이내 그들과 친숙해졌다. 그리고 가식 없이 정성스럽게 음식을 대접하고 노래하고 춤추는 학생들에게 그들은 쉽게 용해되었다. 20살이 넘은 정신박약아가 나이 어린 우리 학생들에게 '누나' 하면서 따라 다니는 모습을 보고 걱정스런 시선을 보내야 하는 내 자신이 안타까웠지만 그것은 기우에 지나지 않았다.

함께 점심을 즐겁게 먹고 오후에는 5~10명씩 짝을 지어 각 방에서 이야기도 하고 게임도 하였다. 방마다 웃음소리가 배어 나와 유난히 맑은 가을 하늘을 진동시켰다.

저녁때가 되었다. 우리는 굳게 닫힌 철문을 열고 또 다른 세계로 다시 돌아와야 했다. 시간이 6시를 넘게 가리키고 있었지만 쉽게 발걸음이 떨어지지는 않았다. 순수한 그들과 함께 하면서 우리 학생들은 많은 정을 느낀 것 같았다. 몇 명은 한없이 맑은 영혼들과의 헤어짐이 아쉬워 자꾸 뒤돌아보고 눈물을 글썽였고, 30여 명의 수용소 아이들은 우리들이 시야에서 사라질 때까지 자리를 뜨지 않았다.

돌아오는 길에는 아무도 말이 없었다. 무엇인지 기대한 것
이상으로 많은 것을 얻고 있었지만 기쁘다고는 생각지 않는
모양이다. 오히려 무엇인가를 베풀러 갔다가 한없이 맑고 순
수한 영혼을 보고 큰 충격을 받았는지도 모른다.

"선생님, 우리 자주 놀러 가요."

"선생님, 저희들은 돌아오는 토요일에 놀러가기로 약속했
어요. 괜찮죠?"

질문인지 다짐인지 모르게 한마디 덧붙이는 몇몇의 얘기
를 듣고 나는 완벽한 바보가 되었던 것이다.

마음 같아서는 그녀들의 싱싱한 사랑에 두 손을 부여잡고
울고 싶었지만 오늘의 나의 시도는 이러한 결과를 너무 많
이 기대한 계산 속이라는 안타까움 때문에.

민초희. 그렇게 원하던 스무 살을 채우지 못하고 떠났다.
그러나 그녀의 삶에서 우리는 느낀다. 가장 깨끗하고 아름
다운 영혼들이 모여 사는 곳이 이곳이었음을.

그래서 그녀는 이 아름다운 곳에서 스무 살까지 만이라
도 채우려고 했던가?

내 정신연령이 스무 살이 지났나 헤아려 본다. (1992)

낯설어졌을 뿐, 잊혀진 도시는 아니었다

광주(光州)를 방문할 기회가 생길 때면 나는 묘한 상념에 잠겨야 한다. 죄책감이거나 아니면 수치심 같은 오욕의 상흔이 꼬리를 따라 다니기 때문이다. 대학 4년을 보낸 정든 곳이기에, 무등산만 바라보아도 심연 깊숙이 자리잡은 뿌듯함이 용솟음치건만, 사람, 사람만 만나면 죄인이라는 올가미에서 벗어날 수 없다. 어쨌든 젊음의 때깔이 흠뻑 젖어 있건만 내겐 항상 초행길처럼 어설프기만 하다.

80년 5월!

싱그러운 목련 꽃 향기가 고등학교 교정 구석구석에 촉촉이 젖어 오를 때 '썸머힐(Summer Hill)'의 유능한 교사인 양 자신만만하며 교사의 초년생 길을 걷고 있었다.

민주화의 봄을 부르짖던 4월 - 비껴 서서 구경꾼이 되어버린 내 눈에도 현실이 무엇인가 알 수 없는 거대한 파도

속으로 조금씩 삼켜져가고 있다는, 그래서 계획된 일정 속에서 어떤 사건이 하나씩 둘씩 꾸며져 있다는 느낌을 떨칠 수가 없었다.

학교에서 수업시간이 시작되면 칠판 윗부분에 학습목표 대신에 '春來不以春' 이란 문장을 쓰곤 수업에 임하였다. 학생들은 자꾸 그 구체적인 뜻을 물어왔지만 나는 '봄이 왔지만 아직 완연한 봄이 아니다.' 라는 직역만 해 주었고 무언지 모를 불안감이 그림자처럼 다가옴을 느꼈다.

5월. 불안은 현실로 나타났고 휴교령이 내렸다. 매일같이 울분을 술로 달랬다. 선배님, 친구들, 그리고 후배들의 고귀한 피를 타서 들이키면서 나는 괴로워했다. 마음만은 그들과 함께 한다는 동질감을 느끼면서.

6월이 되어 광주를 찾았다. 광주를 보고, 무등산을 보고, 친구들을 보았다. 그들은 모두 말이 없었다. 어쩌면 우리와 함께 쓰는 언어 자체를 망각했는지도 모른다. 막연히 가졌던 동질의식은 산산조각이 났고 나는 이질적인 존재가 되어 있었다. 함께 살을 나누지 못한 자가 떳떳이 서 있을 자리가 아니다는 느낌과 함께. 마음만은 그곳에서 그들과 함께 생활하고 있었다는 나의 자위마저 상실한 채 국외자(局外者)가 되어 나는 도망치듯 광주를 빠져 나왔다.

10여 년이 흐른 뒤 나는 광주 충장로의 밤거리를 걷고 있었다. 물론 그 동안에도 몇 번 광주를 방문했지만 터미널에서 목적지만을 소리 없이 이동, 광주의 변화를 전혀 느낄 수 없었기에 오늘의 걸음걸이엔 많은 의미를 부여할 수 있는

낯설어졌을 뿐, 잊혀진 도시는 아니었다

것이다.

처음 거리에 나섰을 때 나를 쳐다보는 뭇사람들의 눈초리가 내 목을 스멀스멀 기어오르는 벌레의 느낌을 주었다. 다행히 시간이 지남에 따라 나는 안정을 찾았고 주위의 시선도 의식하지 않게 되었다.

밤거리의 모습이었지만 광주는 변해 있었다. 휘황찬란한 네온의 모습, 파도처럼 쏟아지는 인파 등 외모는 말할 것도 없었고 사람들의 인정에서도 섬광처럼 지나가는 날카로움이 눈에 띄었다. 술집에서 만난 그들 중 몇은 흐느적거렸고 큰 목소리로 허세를 부리는 모습도 보였다. 한잔의 술에 자신을 잊고 광주도 잊은 듯한 모습이었다. 어쩌면 거대한 광주 전체가 취해 있을지 모른다는 느낌이 들었다.

안타까웠다. 그들의 침묵이 그리고 그들의 불안이. 술에 자신을 마비시켜 세상의 시름을 잊고 한 몸을 지탱하려는 몸부림처럼 보였다. 가슴을 활짝 열어달라고 몸을 흔들며 애원해 보았자 그들은 변화 없는 두 눈을 깜박거리고 초점을 잃은 동공 속의 별빛만을 보여주었을 것이다. 이날 밤 나는 거대한 도시의 침묵 속에서 하염없이 무너져야만 했다.

날이 밝았다. 갑자기 모든 삼라만상이 바쁘게 움직이기 시작했다. 어제 밤과는 달리 모든 사람들의 얼굴에는 생기가 돌았고 믿어지지 않을 정도로 자신의 맡은 바 일에 열중함을 보였다.

나는 보았다. 밤을 지새울 줄 아는 광주 사람들의 지혜를. 그들이 지난 10여 년동안에 터득한 생활, 그것은 자신을 가

낯설어졌을 뿐, 잊혀진 도시는 아니었다

장 사랑하고 아끼는 방법이었으며 끊임없는 자기부정의 자화상이었던 것이리라.

그 동안 팽팽하게 늘어진 줄 하나가 툭 끊어져 내린다. 잠이 온다. 아니 푹 자야 하겠다. 광주의 자생력(自生力)을 확인한 지금 내 사고의 울타리는 텅 비어야 당연함을 느꼈기 때문이다. (1992)

박찬호 가 다저스 에서 빨리 적응 못 하는 한 가지 이유

97년은 야구팬들에게는 매우 즐거운 한 해이다. 선동열, 박찬호가 일본과 미국에서 연일 흥미 있는 기사거리를 제공해 주기 때문이다. 여기에 자신이 좋아하는 국내 야구팀의 멋진 경기가 날이 갈수록 점입가경에 빠져들어 예측불허의 게임이 펼쳐지는 것도 중요한 요인이다.

골수 야구팬들은 밤이면 야구장으로 나가 밤하늘을 수놓는 백구의 향연을 즐길 수 있고, 그러하지 못한 팬들도 스포츠 뉴스 시간을 통하여 자신이 성원하는 연고팀의 경기결과를 알 수 있으며, 특히 3, 4일에 한번씩은 선동열의 세이브(save) 행진소식과 박찬호의 승리 소식을 접하면서 그들이 이국 땅에서 국위를 선양하고 아울러 최고의 투수 자리에 오를 수 있기를 빌기도 한다.

야구의 본고장 미국 메이저리그의 LA 다저스(L.A. Dod

-gers)에서 활약하고 있는 박찬호 선수는 요즈음 우리 국민들의 사랑을 듬뿍 받고 있다. 국내 뉴스가 대부분 비뚤어진 정치권의 이야기와 어려운 경제 문제만을 다루다보니, 박찬호의 소식은 야구팬이 꼭 아니더라도 신선한 소식쯤으로 국민 모두가 생각하기 때문일 것이다.

박찬호가 등판할 날이면 방송에선 위성중계를 하고 스포츠 신문에선 예상 기사를 다루고선, 1승이 추가될 때마다 신문과 방송이 온통 박찬호를 연호하는 것이다. 홈 경기에 등판한 날이면 LA 교민들은 야구장으로 모여 박찬호를 연신 외치다 보니, LA 코리아타운의 술집은 손님이 없어 파리만 날려야 하는 새로운 풍속도를 보이기도 한다. 어쨌든 이제 박찬호는 술좌석에서 우리의 가장 멋있는 안주가 되었고, 미국 내 또 하나의 코리아드림으로 존재하게 된 것이다.

박찬호는 꿈을 키워가고 있다. 미국에 최초로 진출한 한국인으로서, 그리고 매년 10승 이상의 투수로 성장하기 위해서 몸부림치고 있다. 하지만 그는 우리가 기대에 걸맞은 승수를 빨리 챙기지 못하고 있다. 아직 미완의 대기(大器)이기 때문이기도 하지만 박찬호의 등판 때면 유난히 다저스의 타력이 살아나지 못하기 때문이라고 한다.

왜 박찬호의 등판 때면 다저스의 타력이 솜방망이로 변할까? 박찬호는 정말 운이 나쁜 것일까? 아니면 박찬호는 팀 동료들 사이에서 끈끈한 동료애를 아직 얻지 못한 것은 아닐까? 나는 조심스레 '박찬호의 양복 가위질 사건'을 머리 속에 떠올리며 우리의 집단의식과 견주어 본다.

박찬호가 다저스에서 빨리 적응 못하는 한 가지 이유

우리들이 어렸을 때 각 가정의 할머니들은 밥을 씹어서 손자에게 먹이곤 하였다. 이를 '심알(心卵)을 잇는다'고 하였는데 이는 '마음의 골수를 잇는다'라는 뜻으로 한국 사회의 일체화되고 동질화된 모습을 보여준 것이라 하겠다. 그 동질화 속에서 할머니는 편안함을 느끼는 것이다. 일종의 집단의식이다.

또 새로 부임한 관리들의 얼굴에 똥칠을 하고선 '당향분(唐鄕粉)'이라고 표현하는 신래침학(新來侵虐)의 관습 역시 새로운 관리에게 개인(나)의 가치를 죽이고 기존집단(우리)의 가치를 크게 사기 위한 전통으로 자신이 속한 집단에 대한 동질화를 원하는 집단의식이다.

1996년 우리 나라 프로야구에서 해태 타이거즈 팀은 모든 전문가들로부터 최하위의 전력을 가지고 있다는 평을 받았다. 객관적인 전력으론 당연한 분석이었지만, 해태 팀은 야구 전문가들을 비웃듯이 당당히 여덟 번째 우승을 하였다. 그리곤 해태 타이거즈는 '해태 다 이겨써'라는 우스갯소리를 만들어 놓았다.

해태는 어떻게 해서 최고의 성적을 거두었을까. 유일하게 해태의 우승을 예상해서 모두를 놀라게 한 쌍방울 레이더스의 김성근 감독의 말에 귀를 기울여 보면 그 이유를 분명히 알 수 있으리라 생각한다.

"해태 선수들은 김응룡 감독이 야구 배트를 들면 항명할 수 있으나 주장 이순철이 야구 배트를 들면 모두 순응하는 선후배간의 응집력이 있기 때문이다."

박찬호가 다저스에서 빨리 적응 못하는 한 가지 이유

이는 우리 민족의 집단의식이 해태에 가장 잘 나타난 것으로 선배들을 중심으로 뭉치는 이런 끈끈한 정이 집단의식으로 확고하게 자리잡아 해태를 정상으로 이끌었다는 이야기인 것이다.

다저스 팀의 '양복 가위질' 관습은 우리 민족의 집단의식과 매우 유사한 신고식으로, 팀의 단합을 위해 새로 입단한 선수에게 기존의 선배들을 잘 이해하고 팀을 위해 개인의 가치를 희생할 줄도 알아야 한다는 일종의 신래침학인 것이다. 다저스 팀 동료들은 박찬호에게도 자연스럽게 이러한 관습을 시행하였으나 박찬호는 동료들의 의도를 제대로 파악하지 못하고 오히려 신경질을 부리고야 말았던 것이다. 물론 나중에 박찬호는 팀 동료들에게 정중히 사과하였지만 한참동안 동료들의 냉대에 고민하였고, 앞으로도 상당 기간 그 고통 속에서 시달릴 것이다.

그의 이러한 고민은 동료들에 대한 믿음 부족으로 나타나, 모든 상황을 스스로 해결해야 한다는 강박관념 속에서 매 경기마다 타자와 너무 쉽게 승부하고 그래서 홈런을 많이 허용하기도 한다.

너무나 한국적인 집단의식 앞에서 박찬호가 양복 가위질 사건을 슬기롭게 극복하지 못한 것은 두고두고 아쉽기만 하다.

가난한 집 아이를 놀리고선 그에 대한 가학 보상용의 곡식인 농곡(弄穀)의 의미를, 먹거리가 떨어지면 10, 20명의 산촌의 아낙들이 산채 광주리를 이고 부잣집에 가서 산채의 보상으로 된장을 적당히 퍼올 수 있는 '건건이 사리' 등 우리의 의식구조에 대한 이해가 조금이라도 있었어야 했다. 아니면 1년만이라도 해태 팀에서 뛰면서 몸으로 직접 우리의 집단의식을 체험했더라면, 박찬호는 양복 가위질사건을 의연하고 슬기롭게 극복하였을 것이다. 그랬더라면 박찬호는 동료들을 믿고 투수판에서 공을 마음껏 뿌렸을 것이고, 동료 타자들 역시 타율이 그렇게까지 나쁘지는 않았으리라 생각되어진다.

하지만 우리는 그를 누구보다도 믿는다. 야구장에서 심판에게 모자를 벗어 깍듯이 인사하고서 경기에 임하는 동방예의지국의 '코리아 특급'임을 잘 알기 때문이다. 한국인임을 자랑스럽게 생각하는 그이기에 그는 앞으로 한국인의 모습으로 동료들에게 깍듯한 예의를 보일 것이며, 집단의 구성원으로 팀 동료들의 신임을 듬뿍 얻을 것이다.

서양 사람들은 운동경기장에서 응원을 할 때, 'Good Luck', 'Do Your Best'의 표현을 주로 사용한다. 이는 개인적인 응원 표시로 집단에 대한 특별한 주문이 없음을 보여주는 것이다. 하지만 우리는 '이겨라'라는 집단적인 구호를 사용한다. 이는 우리 민족의 집단의식이 얼마나 발달했는가를 보여주는 단적인 예라 하겠다. 다저스의 모든 동료들은 박찬호에게 이런 한국적인 동료애를 원하는지도 모른다.

동료들의 신뢰와 사랑을 바탕으로 메이저리그의 최고 투수 박찬호가 탄생되어, 우리 국민과 LA 교민의 우상으로 자리잡게 될 날을 그려보면서 끊임없는 성원을 보낸다. 아울러 제2, 제3의 박찬호가 탄생하길 기대하며, 오늘도 프로야구 경기 관람으로 여름밤의 무더위를 식혀야겠다. (1997)

박찬호에 대한 두 번째 이야기

「박찬호가 다저스에서 빨리 적응하지 목하는 한 가지 이유」라는 제목의 글을 발표하고 나서 예기치 못한 문제점이 발생했다. 내가 글을 쓴 시점과 책이 나온 시점이 달라 책이 나온 시기에는 이미 박찬호가 착실히 승수를 쌓고 있는 시점이었기 때문이다. 그 정도도 예견 못하고 글을 썼느냐는 핀잔에서부터 박찬호에 대해 적중하지 못하여 섭섭하겠다는 위로의 말까지 많은 이야기가 있었지만 그 동안 제대로 변명다운 변명 한번 하지 못한 채 가슴앓이만 해야 했다.

나는 미국 메이저리그의 LA 다저스(L.A. Dodgers)에서 활약하고 있는 박찬호 선수가 뛰어난 투구로 투수의 역할을 완벽하게 하고 있으나, 그의 활약에 비해 동료들의 공격력은 박찬호가 등판했을 때 현저하게 떨어지고 있음을 지적하고 그 이유를 나름대로 찾아본 것이었다. 다시 말하면 박찬호의 능력을 의심한 것이 아니라 다저스구단에서 빨리 적응하지 못한 원인을 찾아본 것에 불과하다. 하지만 나의 주장에 대한 많은 독자들의 의구심도 풀면서 아울러 나의 근거 제시가 나름대로 옳았음을 다시 한번 밝히고자 한다.

나는 일전의 그에서 박찬호가 적응 못하는 이유를 '다저스의 집단의식'에서 찾아보았었다.

다저스 팀의 '양복 가위질' 습관은 우리 민족의 집단의식과 매우 유사한 신고식으로, 팀의 단합을 위해 새로 입단한 선수에게 기존의 선배들을 잘 이해하고 팀을 위해 개인의 가치를 희생할 줄도 알아야 한다는 일종의 신래침학(新來侵虐)인 것이다. 다저스팀 동료들은 박찬호에게도 자연스럽게 이러한 관습을 시행하였으나 박찬호는 동료들의 의도와 전통을 제대로 파악하지 못하고 오히려 신경질을 부리고 말았던 것이다. 물론 나중에 박찬호는 팀동료들에게 정중히 사과하였지만 한참 동안 동료들의 냉대에 고민하였고 앞으로도 상당기간 그 고통에 시달릴 것이다.

그의 이러한 고민은 동료들에 대한 믿음 부족으로 나타나 모든 상황을 스스로 해결해야 한다는 강박관념 속에서 매 경기마다 타자와 너무 쉽게 승부하고 그래서 홈런을 많이 허용하기도 한다.

너무나 한국적인 집단의식 앞에서 박찬호가 양복 가위질 사건을 슬기롭게 극복하지 못한 것이 두고두고 아쉽기만 하다.

그리고 나선 말미에 동료들의 신뢰와 사랑을 바탕으로 메이저리그의 최고 투수 박찬호가 탄생되어 우리 국민과 LA 교민의 우상으로 자리잡게 될 날을 그려보면서 끊임없는 성원을 보낸다고 적었다.

이러한 나의 이야기는 박찬호 선수에 대한 사랑과 걱정이 교차된 것이었다. 시합에서 잘 던지고도 패전투수가 되다보면 슬럼프에 빠지기 쉽고 그러다 보면 거대한 메이저리그에서 성공하기 어려워질 수 있기 때문이다. 하지만 내 걱정은 글자 그대로 기우에 지나지 않았고 박찬호는 의외로 쉽게 패전의 터널을 뚫고 나왔다.

1997년 7월 3일 박찬호는 전반기 리그 마지막 등판으로 애너하임과의 경기에 선발로 나왔다. 이때까지 그의 성적은 5승 5패, 방어율 3.29를 기록하고 있었다. 박찬호는 이날 승률 5할을 돌파하겠다는 굳은 각오로 배짱 넘치는 투구를 보여주었다.

운명의 4회 말 수비. 타자는 토니 필립스, 박찬호는 볼 카운트 투 스트라이크(two strike) 원 볼(one ball)에서 어깨와 턱 사이를 뚫고 지나가는 아슬아슬한 위협구를 던졌다. 움찔한 필립스는 턱을 만지작거리며 박찬호에게 욕을 퍼부었다. 박찬호도 이에 뒤질세라 욕을 받았다. 화가 난 필립스는 마운드 쪽으로, 박찬호는 타석으로 걸어갔다. 일촉즉발의 위기가 발생하자 더그아웃(duckout)에 있던 양측 선수들이 일제히 달려나왔다. 다행히 실제로 주먹을 휘두르는 선수는 없었다.

이 사건을 계기로 다국적 군단 다저스의 선수들은 똘똘

뭉쳤고, 박찬호에 대한 다저스 선수들의 무언의 징계도 쉽게 풀렸다. 이후 다저스는 6연승 가도를 달렸고 박찬호는 후반기 리그에서 8승을 올릴 수 있는 계기가 된 것이다.

빼어난 투구를 하고도 팀 타격의 불발로 승수를 쌓지 못했던 박찬호. 그는 엉겁결에 당한 양복 가위질 사건으로 동료애를 얻지 못하였으나 예기치 않았던 빈볼 시비로 다저스 가족들과 최단 시일에 화합을 이루었으니 대단한 행운이라 아니할 수 없을 것이다.

단체경기에서는 단결력이 매우 중요하다. 야구 역시 단체경기여서 9명의 선수들이 합심해서 경기에 임해야 함은 너무나 당연한 것이다. 빈볼 시비를 통하여 다시 한번 살펴보면, 박찬호 선수가 겪었던 시련은 본인에게 큰 교훈이 되었을 것이며 최고의 투수로 탄생할 수 있는 계기가 되었을 것이다. 그리고 그가 정말 최고의 투수가 되었을 때 동료들의 도움이 없었으면 불가능했을 것이라고 생각할 것이다. 그래서 자만하거나 거만하지 않고 겸손을 지켜 최고 투수의 위치를 더욱 오래 지속하리라 확신한다.

98년 박찬호의 연봉은 70만 달러, 99년 연봉은 230만 달러로 2년간 300만 달러를 받는 다저스 최고의 투수가 되었다. 97년 제5 선발투수를 어렵게 얻어냈던 그 박찬호는 아닌 것이다. 연봉에 걸맞게 올해는 더 멋진 활약을 보여주길 기대한다. 하지만 97년에 게임 외에서 겪었던 집단의식이 가져다 준 교훈을 항상 마음 속 깊이 간직하고 경기에 임하였으면 한다.

많은 한국 선수들이 메이저리그에 진출한 올해, 박찬호의 활약이 그들에게 더욱더 큰 힘으로 자리잡을 수 있도록 기대한다. 모자를 벗어 심판에게 인사하고 시합에 임하는 동방예의지국 코리안 특급. 제 2, 제 3의 박찬호가 또 탄생할 꿈을 꾸면 미래가 아름다워지기 때문이다. (1998)

나쁜 사람이 타는 차

    지난 해 1월 말 유럽 일주의 마지막 여행지 오스트리아 비엔나 공항에 도착했을 때 공항에는 솜털 같은 눈꽃송이가 소리 없이 내리고 있었다. 우리 일행은 눈이 내리기 시작하는 비엔나 거리의 아름다운 모습을 한동안 아무 말 없이 바라보았다.

    예술의 도시, 음악의 도시 비엔나는 처음 찾은 낯선 손님에겐 훨씬 더 감상적으로 보였고, 백설(白雪)의 은빛세계는 유난히도 포근하였다.

    한참을 낯선 세계에서 떠돌아다니다가 현실의 세계에 되돌아온 나는 아름다운 눈꽃송이가 우리의 여행을 위해선 결코 멋진 것은 아니라는 사실을 깨달았다. 비엔나에서 관광할 수 있는 12시간. 그 12시간을 효율적으로 사용하기에 눈길은 바람직한 것은 아니리라. 하지만 일단 아름다운 눈 구경을 충분히 할 수 있으니 우선 그것으로 만족하기로 마음을 느긋하게 먹고, 적당한 곳에서 간단한 아침 식사를 하기로 하였다.

그때 공항에 한국말을 쓰는 사람이 나타났다. 한국인 식당을 운영하는 현지 교포로 이곳을 찾는 한국인에게 관광안내도 해 주고, 음식도 저렴하게 판매한다고 하였다. 우리는 그분을 따라 그 분이 경영하는 식당으로 자리를 옮겼고 유럽에 와서 오랜만에 깍두기에 해장국을 포식할 수 있었다.

포만감을 느끼기도 잠깐, 우리는 새로운 고민거리에 빠졌다. 약해질 줄 알았던 눈발은 이제 함박눈이 되어서 펑펑 쏟아졌고, 도로는 10센티 이상 눈으로 쌓여 걸어다니기가 어려울 정도가 되었기 때문이다. 다행스럽게도 이곳은 눈이 많이 오는 고장으로 제설 시설이 잘 되어 있어서 예상과는 달리 거리의 교통 혼잡은 일어나지 않고 있었다.

한참을 고민하다가 우리는 이 식당집 주인에게 부탁을 하였다. 기상 문제와 짧은 일정 등 우리의 어려운 형편을 이야기하고선 주인의 차로 중요한 관광지를 안내해 줄 수 있는가를 물었다. 우리의 사정 얘기를 자세히 듣고선 흔쾌히 허락하였다.

그런데 주인의 차를 탄 우리들은 또 다른 불안에 휩싸여야 했다. 이 주인의 차는 독일 차 폴크스바겐(우리가 흔히 생각하는 딱정벌레차는 아니었음)이었는데 상당히 오래된 차인 것 같아서 이 눈 속에서 아무런 문제가 없을까 걱정이 되었기 때문이다. 주인은 우리의 불안한 마음을 눈치라도 챈

양 자신의 차에 대하여 세세히 설명을 하였다.

자신의 차는 출고된 지 17년이 된 차이지만 아직까지는 운행에 큰 어려움이 없다고 하였다. 우리는 깜짝 놀랐다. 17년 된 차가 더군다나 이 눈길을 아무런 문제없이 질주할 수 있다는 것은 우리에겐 무척 경이적인 이야기로 들렸기 때문이다. 아울러 유럽의 모든 차들은 출고 후 10년은 큰 어려움 없이 운행하고 있다는 설명에 우리들은 또 한번 큰 충격을 받지 않을 수 없었다.

그는 또 이 유럽에서 우리 나라 차를 사는 교포들은 우리 나라 정부에서 표창이라도 해야 한다고 열을 올려 주장하였다. 이곳에 사는 교포 사회에선 승용차를 구입할 때 가급적 우리 나라의 차를 사 볼까 연구를 하게 되는데, 막상 차를 구입할 때는 우리 나라 차를 선호하지 못한다는 것이다. 이유인즉 우리 나라 차는 구입조건이 매우 좋은 편이나 수명이 5년 정도밖에 되지 않아서 도저히 감가상각비를 맞추지 못한다는 것이다. 그러한 상황을 버젓이 알고도 우리 나라 차를 구입하는 사람은 애국자가 아니면 어렵다는 것이다.

어쨌든 친절한 그 분의 안내 덕분에 우리는 기대 이상의 감동을 받아 떠나올 때는 아름다운 비엔나를 마음 깊이 간직할 수 있었지만, 그 분이 들려준 승용차의 이야기는 두고 두고 다시금 여러 가지 생각을 하게 하였다.

여행에서 돌아와 보니 우리 아파트의 주차장에도 외제 자가용 승용차가 많이 보였다. 7, 8년 전에만 해도 한두 대에 불과하던 외제 승용차가 1, 2년 사이에 10여 대로 부쩍 늘어난 것이다. 밤이 되면 주차장에 우리 나라에 수입된 수입차가 종류별로 모두 모여 마치 자동차 전시회장을 방불케 한다. 안전 등의 이유로 외제차를 구입한 분들의 분명한 사유가 있겠지만, 어쩐지 떨떠름하고 유쾌한 기분이 아님은 분명하다. 외국에 사는 교포들이 어려운 가운데서도 우리 나라 자동차를 구입하려고 노력하였던 모습과는 분명히 다른 모습이다.

몇 년 전에 있었던 우리 아들과의 일이 뇌리를 스치고 지나간다. 우리 아들은 어려서부터 자동차를 매우 좋아했다. 승용차, 불자동차, 경찰차 등 모든 종류의 자동차를 가리지 않고 좋아했으며, 때때로 장난감 차를 하나씩 사서 모으기도 하였다. 아파트에 세워진 자가용 승용차의 이름을 나보다도 더 잘 구별하여 나를 놀라게도 하였다.

어느 날, 주차장에 새로이 세워둔 외제 승용차를 처음으로 발견한 아들은 숨 넘어가는 목소리로 내게 쫓아와 차의 이름을 물었다. 나는 내심 외제 승용차가 우리 아파트 주차장에 세워진 것이 탐탁지 않았으며, 그 차에 관심을 보이는 아들의 모습도 별로 예쁘게 보이지 않았다. 그리고 자세한 이야기를 들려줄 충분한 시간마저 없어서 별 생각 없이,

"그 차, 나쁜 사람이 타는 차란다."

라고 대답하였다. 아들은 이상하다는 듯이

"차 이름이 '나쁜 사람이 타는 차'예요?"

하고 다시 한번 묻고선 내가 고개를 끄덕이자 대단한 것을 알았다는 표정을 짓고는 뛰어갔다.

며칠 후 아파트의 같은 통로에서 이 외제차 주인을 만났
다. 간단한 인사를 주고받았을 때, 갑자기 내 아들 녀석이,
　"아빠, 저 사람이 나쁜 사람이야?"
하고 질문을 하였다. 아들에게 그 차에 대하여 자세히 알려
주고, 가급적 이런 외제차를 타고 다녀선 안 된다는 이유를
설명하지 못한 게 낭패였다. 갑작스런 상황에 무척 당황하
여 대충 얼버무리고 자리를 피하였지만 아이가 한 그 이야
기는 항상 내 귀를 떠나지 않고 맴돌기만 한다.
　"아빠, 저 사람이 나쁜 사람이야?"
　나의 고정관념이 빚어낸 작은 사건이었지만, 아들에게도
그분에게도 많은 빚을 진 느낌이다. (1997)

생각해보 세요 . 왜 우측통행을 실시해야 하는 지

1997년은 우리 나라 자동차 보유 1천만 대 시대를 여는 중요한 분기점이었다. 조그만 땅덩어리의 나라가 이처럼 많은 자동차를 보유하게 되었으니 스스로 자랑스럽고 대견하다는 생각이 틀린 것도 아니고 자만스러운 표현도 아니라고 생각되어진다. 하지만 좁은 땅 덩어리, 잘 정비되지 못한 도로, 아직은 터무니없이 부족하기만 한 주차장 시설 등 해결해야 할 문제점이 하나 둘이 아니다.

자가용을 타고 시내에 나가 엄청난 자동차의 홍수 속을 헤쳐나가느라 진땀을 흘린 경험이 많을 것이다. 꼭 필요한 경우를 제외하곤 자가용 사용을 자제해야겠다는 의식의 전환이 필요한 시기이다. 그리고 자동차 사고로 유명을 달리한 많은 희생자들의 소식을 접한다. 이제는 교통사고를 줄이기 위하여 모든 노력을 경주해야겠다는 각오가 필요하다.

자동차문화에 대하여 다시금 냉정히 생각해 볼 시간이 되었음을 시사하는 것이다.

그 동안 자동차 문화는 보행자 중심이 아니라 자동차 중심의 문화로 너무나 오랫동안 존재해 왔었다. 자동차가 사람의 존엄성을 인식하고 사람 조심하는 것이 아니라 사람이 자동차를 조심하여야 하였으며, 또 이러한 자동차 중심의 교통문화로 인하여 과속, 차선 위반, 끼어들기, 경적 함부로 울리기 등 이제는 선진문화로 바꾸어야 할 무질서한 교통질서가 우리의 의식구조를 지배하지나 않았는지 뒤돌아보아야만 할 시점이다.

자동차가 늘어날수록 교통질서를 잘 지켜 주행 차의 흐름이 물 흐르듯 하여야 하고 안전사고 예방에 무엇보다도 힘을 기울여 인간을 중시하는 선진 교통문화를 우리 사회에 정착시켜야 한다. 이를 위해서는 선진국의 교통정책에 대하여 깊이 있게 연구하여 우리의 실정에 알맞은 좋은 정책을 도입해야 하겠지만, 무엇보다도 보행자 위주의 교통문화를 만들겠다는 의지가 필요하다고 할 수 있다.

하지만 무엇보다도 선행되어 정비해야 할 교통질서가 있다. 그것은 '좌측통행'으로 되어 있는 교통질서를 '우측통행'으로 바꾸어야 한다는 것이다. 그 동안 아무런 문제없이 잘 지켜 왔던 좌측통행에 대해 무슨 시비냐고 의아하게 생각할 수도 있겠으나 현재 우리의 교통문화가 좌측통행과 우측통행을 함께 섞어 쓰고 있다면 이야기가 달라질 것이다. 오히려 조금만 관심 있게 교통문화에 대하여 살펴보았다면

'아하, 그렇구나' 하고 우측통행에 찬성할 것이다.

　세계 여러 나라 교통문화를 살펴볼 때 좌측통행을 실시하는 나라는 영국의 문화를 받아들인 나라들이 대부분이다. 영연방에 속하는 영국과 호주, 홍콩 등의 나라와 영국에서 문화를 받아들인 일본이 좌측통행을 실시하는 대표적인 나라들이다. 이들 나라는 자동차와 보행자 모두가 좌측통행을 실시하고 있다. 차도에선 자동차들이 좌측통행을 하고 인도에선 보행자들이 좌측통행을 하여 차, 사람 모두 좌측통행을 하고 있다. 하지만 미국을 비롯한 대부분의 나라에선 우측통행을 그들의 교통문화로 인식하고 자동차도 보행자도 우측통행을 하고 있다.

　현재의 우리 나라의 교통문화는 좌측통행과 우측통행이 공존하고 있는 설정이다. 학교와 언론에선 우리 나라 교통문화가 좌측통행인 양 계몽하고 있으나 우리 나라의 모든 자동차 도로는 우측통행을 하고 있다. 더욱이 횡단보도를 건널 경우 우측통행을 하도록 일선 학교에서 가르치고 있다. 그래서 학생들은 보행 시에만 좌측통행을 하면서도 교통질서는 좌측통행이라고 숙지해야 하는 동시에 안전을 위해서는 우측통행을 해야 한다고 어른들에게 강요받고 있는 실정이다.

　이러한 혼란을 막기 위하여 횡단보도를 건널 때 좌측통행을 하면 어려운 문제가 쉽게 해결되리라 생각하는 사람이 있을지 모르지만, 그것은 안전에 대한 이해가 부족하기 때문이다. 횡단보도에서 자동차는 빨간 불이 켜지면 일단정지선 앞에 의무적으로 정차해야 하지만, 일부 자동차의 경우 급제동을 걸었을 때 횡단보도의 정지선을 침범하는 경우가 가끔 발생하기도 한다. 그때 횡단보도를 건너는 보행자는 횡단보도의 오른쪽으로 건너야 훨씬 더 안전한 것이다. 그래서 학교에선 교통사고를 미연에 방지하고 인간의 생명을 보호하기 위하여 횡단보도를 건널 때 우측통행을 하도록 지도하고 있는 것이다.

우리는 자나깨나 좌측통행을 외치고 있으나 자동차는 차선에서 우측통행을 하고 있고 보행자들 역시 횡단보도에서는 우측통행을 하고 있으며, 실제로 좌측통행은 실내 복도에서나 실시하고 있는 실정이다. 이러한 불합리한 모순이 안전을 중시하는 교통문화에 아직도 버젓이 남아 있는 것은 일제의 잔재문화로서 명맥을 이어가고 있기 때문이다.

물론 일본에서는 아직도 좌측통행의 교통질서가 그대로 남아 있다. 하지만 일본의 경우 자동차 차선에서 자동차들이 좌측통행을 하도록 하고 있으니 좌측통행이 그대로 존속하는 것이 당연한 교통문화가 아니겠는가? 영국의 문화를 받아들인 국가들의 경우 자동차가 좌측통행을 하고 있으니 당연히 모든 교통질서가 좌측통행이겠지만 우리의 경우 자동차는 우측통행을 하고 있으면서도 일본이 만들어 놓은 교통문화를 그대로 따라 좌측통행을 실시하고 있으니 얼마나 한심한 노릇인가.

요즈음 우리는 주위에서 '역사 바로 세우기'라는 말을 자주 들을 기회를 가진다. 그래서 서울의 4대문의 이름도 '숭

생각해 보세요. 왜 우측통행을 실시해야 하는지

례문' 등 자신의 이름을 되찾았으며 '국민학교'도 '황국신민'의 약자라 해서 '초등학교'로 이름을 고쳤다. 이제 교통문화도 우리의 실정에 알맞게 고쳐야 한다. 실제로 개화기 때 우리도 우측통행을 실시하였던 기록 사진이 있기 때문에 더욱 그렇다. 자동차는 우측통행을 하고 사람들은 평상시엔 좌측통행을 하다가 횡단보도를 건널 때엔 우측통행을 하는 혼란에서 탈피하여 명랑하고 안전한 교통문화를 누려야 한다.

특히 횡단보도에서는 정지선을 무시하고 침범하는 자동차로부터 안전하도록 우측통행을 교육함으로써 생기는 혼돈을 막기 위해서라도 모든 교통질서를 우측통행으로 빨리 바꾸어 실시하여야 한다. 이는 일부에서 걱정하는 혼란스러움과는 거리가 멀 뿐 아니라 오히려 초등학생들에게 생기는 쉬운 혼란을 극복하는 중요한 사안인 것이다. 어려울 것이 없다. '차도 우측, 사람도 우측'이면 되는 것이다. 이를 계몽하기 위한 예산도 필요 없다. 언론에서 협조하고 잘 지도하면 되는 것이다.

생각해 보세요. 왜 우측통행을 실시해야 하는지… (1998)

힘을 기르소서

걸프전이 끝났다.

다국적군의 일방적인 승리이지만 무언지 씁쓸한 느낌이다.

우리 나라처럼 기름 한 방울 생산 못하는 나라에서 전쟁은 빨리 끝날수록 좋은 것이지만 강대국의 힘의 논리를 보고 있노라면 위축감에 어깨의 기운이 빠진다. 약육강식의 사회임이 저절로 실감나기 때문이다.

걸프전이 끝나자 그 동안 숨죽이고 있던 목소리들이 수면위로 부상한다. 서민들은 기름 값을 다시 내려야 한다고 주장이고, 자가용 승용차를 가진 사람은 승용차 10부제 운영을 중지하여 예전처럼 환원해야 한다는 것이다. 또한 위정자들은 북한의 위협에 처해 있는 우리의 상황에선 안보에 대한 경각심을 높여야 한다는 주장한다.

주장은 제각기 이지만 모두 맞는 말이다. 기름 값도 내려

야 하고, 10부제 운영도 풀어야 하고, 차제에 안보에 대해서
도 점검해 보아야 한다.

하지만 우리는 이 기회에 힘의 논리에 대하여 냉철하게
생각할 필요가 있다.

현대의 국제정치사회는 국가 이익추구를 그 최우선 과제
로 한다. 걸프전을 승리로 이끈 미국을 비롯한 다국적군은
정의의 승리를 확신하고 있지만, 일부 중동 국가들의 입장
은 또 다르다. 특히 170만 가자지구 거주 팔레스타인들의 경
우에 있어선 승자나 패자가 없다고 단언한다. 이는 모두 자
국의 이익과 직결되는 행동이라고 보아야 할 것이다.

사실 미국은 이번 전쟁을 통하여 국내 경기를 활성화 시
켰고 재래의 재고 무기를 정리하였다. 더군다나 중동의 재
건을 위한 프로젝트 90%를 확보하였으니 그 전과는 말로 표
현하기 힘들 것이다.

"국가 이익 (National interest)은 이데올로기에 우선한다."
는 J. F. 케네디의 말이 에누리없는 사실로 나타난 것이다.
더구나 케네디는 국제 사회의 힘의 원리를 논하면서 "강자
는 공정하고 약자는 안정할 수 있는 평화의 질서를 수립해
야 한다."고 주장했으나 그것은 엄연한 우리 모두의 염원일
뿐 강자에겐 해당되지 않는 것이다.

이러한 현 국제 질서 속에서 안정할 수 있는 평화의 질서
라는 우리의 목표는 기대 이상의 희망에 불과할 뿐이다. 그
래서 좀 더 미래지향적인 힘을 기르기에 주저하여서는 안되
는 것이다.

흔히들 일본인의 민족성으로 단결력을 예시하면서 우리 민족성은 모래알처럼 잘 흩어지는 민족이라는 얘기들을 하는 분들이 계신다. 나는 이런 얘기를 들을 때마다 가슴이 섬뜩함을 느낀다.

60여 년 전 일제 식민지 치하에서 한국민의 단결력에 겁을 집어먹은 일본인들이 만들어 낸 세뇌공작이 아직까지 버젓이 존재하기 때문이다. 일제시대에 학교를 다니면서 교육받은 그 분들의 이런 주장은 시급히 시정되어야 할 과제이다.

사실 우리 민족은 매우 단결력이 강한 민족이다. 인도의 간디가 무저항·비폭력의 운동을 주장하였지만, 일제의 총칼 아래에서 무저항 비폭력으로 전 국민이 항거하여 온 세계를 깜짝 놀라게 한 3.1운동이 그 적절한 예이다. 그러한 예는 우리의 역사 속에서 수없이 찾을 수 있으며 대한민국 정부 수립 후에도 독재에 항쟁한 4.19정신으로 나타났음을 쉽게 알 수 있다.

이에 비하여 일본은 단결력의 부족으로 마을 단위의 정치조직을 가지다가 1590년대에 '풍신수길'의 힘으로 겨우 통일국가의 면모를 보였고 그 발전은 400여 년에 불과한 것이다.

하지만 현재 우리 민족의 단결력이 부족한 것은 솔직히 시인해야 한다. 일제치하의 생활, 소화되지 못한 민주주의로 인하여 올바른 우리 민족정기를 찾지 못하고 있다. 이러한 문제는 단결력이 부족한 민족이어서가 아니라 교육이 충분히 이루어지지 않았기 때문이다.

"항산(恒産)이 있으면 항심(恒心)이 있다."는 맹자의 말처럼 경제적 생활 안정이 있으면 정신적 생활 안정이 되는 법이다. 개인의 경우나 국가의 경우가 다 마찬가지다. 저마다 지식과 기술을 기본으로 가정과 사회를 살지우게 하여 단결력을 회복해야 한다. 국가의 경제력을 배양하고 국민을 생활 안정시켜서 그 열매를 거둬야 한다. 그리하여 우리는 역사의 제물이 아니라 역사의 주인이 되어야 하는 것이다.

도산 안창호 선생께서 일찍이 갈파했듯이 우리 민족은 분열하고 사리 사욕만 채우는 국민이 아니니, 새로운 각오로 힘을 키우고 길렀으면 한다.

걸프전은 끝났지만 우리의 주름살이 활짝 펴진 것은 아닌 것 같다. 미국의 눈치 봐 가면서 약정했던 분담금도 챙겨야 하고 중동의 재건사업에 뛰어드는 문제도 남아있다. 어쨌든 걸프전이 시작하면서부터 끝이 난 지금까지도 힘이 없는 우리는 눈치 살피기를 게을리 하지 않아야 하니 안타깝기만 하다.

이제 우리는 걸프전을 계기로 더욱 힘을 기르기에 온 정성을 바쳐야 한다. 80여 년 전 우리 국민에게 간절히 외쳤던 도산의 목소리를 다시금 새겨보자.

"힘을 기르소서." (1991)

셋

늑대에서 종이학까지

따지기보다는 순리(順理)대로

그렇게 기승을 부리며 맹위를 떨치던 무더위가 슬그머니 자취를 감추기 시작한 계절, 조그마한 일에도 짜증을 부렸던 자신의 부족한 절제심을 스스로 책망해 보면서 손잡이를 잡고 있다는 감각마저 망각해버린 버스 안.

차창 안으로 흘러 들어오는 시원한 바람이 귓불을 스치는가 하는 순간 뒤편에서 들려오는 금속성의 거센소리에 나는 내 신경이 날카로워 짐을 느꼈다.

"학생, 자리에서 좀 일어나."

우렁찬 소리에 학생은 얼떨결에 책가방과 도시락 가방을 주섬주섬 챙겨 얼른 일어선다. 염치도 없고 창피하였던지 얼굴이 벌겋게 달아올랐다. 그냥 반대쪽 창가로 자리를 옮기고선 시점을 잃은 채 창 밖만 바라보고 있다.

사실 내 자신도 마치 내가 야단이라도 맞은 양 얼굴이 화끈거리고 마음까지 무너져 내려앉은 느낌이었다. 내가 잘못 가르쳐서 이름도 모르는 저 학생이 야단을 맞았을 것이라는 생각이 들었던 것이다.

겸연쩍어 어쩔 줄 모르는 학생과는 달리 50대 후반으로 보이는 약간 뚱뚱한 아주머니는 당당한 위세로 자리에 앉더니 큰 목소리로 계속 불만을 늘어놓았다. 요즈음 학생들은 예의가 없다느니, 위아래를 몰라보는 학생들의 장래가 걱정된다느니, 학교에서는 무얼 가르치는지 한심스럽다느니 그리고 우리 나라의 장래가 매우 걱정스럽다는 등.

차내에 계신 승객들은 별다른 반응을 보이지 않았지만 아주머니의 얘기는 쉬지 않고 진행되었고 나는 현기증과 함께 언젠가의 기억의 세계로 탈출을 시도하였다.

봄기운이 절정에 달하였던 지난 5월 말 우연히 교육행정가들과 자리를 함께 하는 기회를 가졌었다. 그 자리에서 한 분이 경상남도 진주시는 교육도시로 완전히 정착되었는데 시내버스를 탈 때에도 새 풍조가 형성되었다는 것이다. 버스를 타고 보면 학생들에게 자리를 양보하는 어른들을 쉽게 볼 수 있으며 이러한 현상이 아주 자유스러운 광경으로 매우 부러웠다며, 우리 고장도 열심히 공부하는 학생들을 이해하고 격려하는 이러한 보이지 않는 지원이 필요한 것이 아니냐고 조심스럽게 자신의 의견을 피력하셨던 것이었다.

상반된 두 의견을 생각하면서 지금의 시대는 가치관 혼란의 시대라는 말이 어느 정도 설득력 있게 느껴진다. 학생이 어른께 자리를 양보하는 것이 우리의 전통적 동방예의지국

따지기보다는 순리(順理)대로

도덕인 것이며, 한편으론 입시라는 굴레 속에서 하루 종일 고생하고 파김치가 되어 하교하는 그들에게 자리를 내어 주어서 밝은 미래를 약속해 보는 것도 타당한 얘기인 듯 싶다.

사실 나는 몇 년 전에도 이러한 혼란에 빠진 적이 있었다. 83년과 84년 2년 동안 조그마한 연구보고서를 작성하기 위하여 매주 서울로 기차여행을 해야하였다. 직장 때문에 금요일 밤차로 올라가서는 일요일 밤차로 내려오는 조금 벅찬 여행이었다. 시간이 지남에 따라 점차 나아졌지만 처음에는 잠을 설치게 되어 수면부족이 항상 뒤따랐다.

두 달 정도 지나면서부터 차에 오르면 곧바로 눈을 붙일 수 있게 되었지만 입석표를 사시고 승차한 노인들을 만나면 그것도 어려웠다. 밤새도록 서서 가실 그 분들을 모른 척하고 나만 잔다는 것이 불가능했던 것이다. 어쩔 수 없이-사실 당연히 일어서야 했지만-자리를 양보하고는 서울까지 서서 다니곤 했지만 밤을 꼬박 새우고 곧바로 책과 씨름하기란 내겐 너무나 어려운 고통이었다.

그러던 어느 날, 그 날도 나는 입석표를 지니신 할아버지께 내 자리를 양보하여야 했다. 할아버지께선 고맙다고 내게 감사의 뜻을 전한 뒤 자리에 앉았다. 그런데 앞좌석에 계신 할머니 한 분과 얘기하는 도중,

"나는 항상 입석표를 삽니다. 차표를 미리 예매할 필요도 없고 차비도 쌀 뿐 아니라 이렇게 자리도 얻을 수 있으니까요."

그 할아버지께선 나를 의식하지 못한 채 쉽사리 그런 말

씀을 하셨고, 나는 형용할 수 없는 분노와 함께 배신감을 느껴야 했다.

후일 직장 동료들에게 그 이야기를 했더니 한 동료가 강한 어조로 자신의 주장을 피력하였다.

"나는 야간열차를 탈 때만은 절대 좌석을 양보하지 않습니다. 밤에 편히 여행하기 위하여 미리 예매까지 한 좌석을 성의 없는 분께 양보할 수는 없기 때문입니다. 노인들도 특별한 일이 아니면 좌석을 예매하시든지 낮 열차를 타야하지 않을까요?"

그의 의견이 어느 정도 수긍이 간 것은 사실이었지만 나는 그후로도 몰인정하게 그렇게 대응하지 못하였다. 하지만 더욱 건설적이고 기발한 방법을 터득하였다.

그것은 우선 노인을 내 좌석에 앉히고서 여객전무를 찾아

"저 좌석은 저의 좌석입니다. 그런데 노인께서 앉으셨으니 어찌 좌석을 비켜 달라고 하겠습니까. 죄송하지만 여객전무님께서 특별히 한 좌석을 마련해 노인을 모셔주시기 바랍니다."

라고 얘기하면 여객전무는 오래지 않아 틀림없이 새 좌석을 확보해 주곤 하였던 것이다.

다변화되고 자기의 주장이 강한 요즈음 누가 누구에게 자리를 양보하느냐 하는 물음에 확실한 정답을 찾기는 어려울 것만 같다. 다만 서로의 마음 깊숙이 사랑의 교감(交感)이 형성되어 자연스럽게 양보하는 미덕이 발휘될 때 그 가치를 느낄 것이다.

따지기보다는 순리(順理)대로

자리에 앉아 있던 학생이 노인네를 보면 기쁜 마음으로 선뜻 양보하기도 하고, 몸이 불편한 분은 자신의 입장을 밝히고 자리를 양보해준 사람에게 고맙다는 인사로 즐거운 분위기를 만든다. 경우에 따라선 밤늦게 축 처져서 하교하는 학생들에게 격려의 뜻으로 한번쯤 어른이 자리를 양보하는 흐뭇한 사회가 우리 모두의 힘으로 가꾸어지길 빌어 보면서 야간열차 여행 때마다 항상 웃는 낯으로 자리를 만들어 주신 밤 열차의 여객전무님들께 감사를 올린다. (1990)

이제는 한마디쯤 던질 수 있는 데

여고생 3학년을 담임하노라면 잊혀지지 않는 이름 두엇
은 남는 법이고 그들에 대한 기억은 일상생활 속에 깊숙이
파 묻혀 있다가도 조그마한 충격이라도 받으면 반사신경이
아직도 내 몸 속에서 꿈틀거리고 있음을 알리는 듯 새록새
록 솟아나기만 한다.

서울서 여수로 향해 질주하는 고속버스, 짓궂은 날씨에 빗
줄기는 굵어 오더니 억수처럼 쏟아진다. 한참 후엔 차량은
온통 안개가 서려 앞을 보기가 힘들어진다. 규칙적으로 반
복하는 안내양의 유리창 닦는 모습이 예쁜 제복과 제법 어
울려 비오는 날의 수채화를 연상시킨다. 지루하지 않고 짜
증나지 않도록 운전기사 님께 세심한 배려를 기울이는 아가
씨를 바라보고 있노라니 불현듯 떠오르는 한 제자의 모습이
있다.

한은선!

그 애의 모습은 그 애를 한번 본 사람이면 누구나 쉽게 기억하리라 생각된다. 넓적하고 둥그레한 얼굴, 통통한 몸매, 오히려 남자처럼 생겼다고 얘기하면 정확한 표현이 되었을 그러한 소녀, 목소리도 약간은 허스키하고 하는 행동도 얌전한 여학생으로 표현하기엔 어려울 수밖에 없는 그 소녀가 떠오르는 것이다. 이 고속버스의 안내양처럼 예쁘지도 날씬하지도 않았지만 장래 고속버스 안내양이 희망사항이라는 그녀의 각오 새기던 모습이 이 안내양의 얼굴에 겹쳐져 나타났다. 어쩌면 저 안내양보다 훨씬 섬세하게 일을 처리하며 자신의 직업을 사랑하고 있을지도 모른다.

내 반에 편성된 지 두 달 가까이 나는 이 여학생에게 결코 눈길 한 번 보내지 않았지만 문제성 있는 아이라고 느껴졌고, 말괄량이 아가씨를 일 년 동안 모셔서 무사히 졸업시키려면 골치깨나 썩어야겠다고 생각했다. 친구들과의 대화에 있어서도 함부로 막 얘기하였고 선생님들께서 시키는 일은 덤벙대다가 사고치기 일쑤였다. 이따금 지각까지 하고선 씩 웃으며 교실에 들어오는 이 여학생이 나는 한없이 미워졌고, 아무리 야단을 쳐도 히히덕거리는 그 모습에 정나미마저 떨어질 지경이었다. 나는 이 1 년을 이 여학생과 무사히 끝마쳤으면 하는 안일한 희망만을 간직한 채 그녀를 선도할 계획마저도 수립하지 않았다.

목련이 물이 올라 아름답게 그 자태를 뽐내고 있던 싱그러운 5월 초, 나는 가정방문을 시작했다. 그때 은선이는 나를 찾아와 면담을 청하고선 집에 아무도 없으니 오시지 말아달라고 간청하였다. 부모님께서 계시지 않더라도 가정 환경은 파악해야 하니 맨 마지막에 너의 집에 찾아 가마고 얘기하고 나는 일정대로 나의 임무를 수행하였다.

실장과 함께 맨 마지막에 은선이 집에 도착했을 때 집에는 은선이마저도 없었다. 피곤한 몸을 이끌고 찾아간 터이라 아무도 반겨주지 않는 그 집마저도 보기 싫었지만 나는 조그마한 이해의 지푸라기라도 있지나 않을까 하여 집 주위를 둘러보았다. 그때 집 뒤에서 은선이가 나타났다. 평소 그렇게 웃음이 많았던 그녀가 다소곳이 서 있는 모습은 처음이어서 나는 눈앞에 나타난 새로운 장면에 잠시 어리둥절하였다.

무엇인가 있구나 하는 직감에 나는 방문만 열어보고는 골목길에 나섰다. 은선이는 고개를 숙인 채 말없이 한참동안 따라오다가 그냥 가셔서 어떡하냐고 매우 미안한 표정으로 한마디하였다. 은선이의 그렇게 진실된 표정은 담임을 한 후 처음이었고 갑자기 내 마음속에서 사랑과 감사의 느낌이 샘솟기 시작하였다.

나는 얼른 은선이의 손목을 붙잡고 "힘들지?"하고 물었더니. 대답 대신 특유의 웃음을 지었다. 집안 얘기 좀 들어볼 수 있느냐고 물었더니 한참을 고개 숙이고 걷더니 차분한 어조로 또박또박 얘기하기 시작하였다.

부모님은 자신이 초등학교 3학년 때 이미 별거생활을 시작하였고 자신은 어머니와 오빠와 함께 살고 있다고 했다.

어머니는 생활고에 시달려 미군들을 상대로 술장사를 하고 있으며 오빠는 정신박약아이기 때문에 모든 집안 살림을 자신이 도맡아 하고 있다고 하였다. 그래서 어머니에 대한 손가락질과 오빠를 놀리는 친구들 사이에서 무수한 날을 별을 보고 울었고 눈물이 마를 때면 낮이 되면 절대 울지 않겠다고 수없이 다짐했다고 하였다.

나는 태연스럽게 남의 이야기처럼 말하는 그 모습에 너무나 기가 막혀서 어디까지의 얘기가 진실인지 분간할 수 없었다. 한 번 웃기 위해선 열 번을 울어야 한다고 교단에서 침이 튀도록 가르쳤던 나를 비웃고 부끄럽게만 만드는 이 진솔된 얘기 속에서. 아니 그렇게 바보같이 항상 웃기만 하던 그 웃음 속에 어찌 이런 애환이 담겨 있단 말인가.

잠시후 우리 사이의 대화는 끊긴 채 골목길을 빠져 나와 논두렁을 지나고 있었다. 오늘따라 개구리의 울음소리가 더 크고 더 서럽게 들리고 가슴속엔 공허와 이유 모를 화가 치밀어 올랐다. 그때 은선이가 방긋 웃으며 흥겨운 목소리로,
"선생님, 저의 어머니 가게에 가 보시지 않겠어요?"
하고 불쑥 한마디 건넸다.

참 당돌한 학생이었다. 어머니께서 하고 계시는 술집에 안내하겠다는 용감한 여고생. 나는 상식의 선을 그을 수 없었고 이렇게 스스로를 혹독하게 채찍질하는 은선이의 현실에 가슴이 아려움을 느낄 수 있었다.

나는 은선이의 어머님을 만나 뵈었고 그녀에게서 한 맺힌 사연들을 들어야 했는데 어쩌면 그 많은 얘기들을 고개 끄

덕이며 들어주는 것이 나의 의무이었는지도 모른다. 그날 저녁 나는 꽤 많은 술을 마셨고 돌아오는 길에는 성난 개구리의 질타성의 울음소리를 저항 없이 들어야만 했다. 교단에서 가식적인 수식어만 나열하는 실천적이지 못한 자신을 비웃으며.

그 후로 졸업까지 나는 은선이에게 뜨거운 시선을 보냈으면서도 따뜻하게 한번 감싸주지 못하였다. 주위 친구에게 항상 져주면서 호탕하게 웃어버리는 모습, 운동장에 놀러온 오빠를 놀려대는 친구와 후배들을 이해하려는 듯 미소 머금는 그 눈길은, 스스로 일어서려는 강인함이 서려 있어서 나의 조그마한 관심까지도 은선이에게는 도움이 되지 못했던 것이다. 어쩌면 무엇인가 해야 하겠다고 은선이의 주위에서 빙빙 돌던 내 자신이 그 어떤 역할도 발견하지 못했기 때문이었는지도 모른다.

다행히 은선이는 그 특유의 웃음을 간직한 채 졸업을 할 수 있었고 졸업식 날 보내준 한 통의 편지 속에는 오히려 나에게 더 여유 있고 강한 선생님이 되어줄 것을 요구하고 있었다.

새해에는 은선이도 29살이 될 것이다. 재학시절 시집 늦게 가겠다고 큰소리쳤는데 아직 결혼하지 않았으면 서른은 넘기지 말았으면 한다. 그리고 개구리가 기승을 부리는 5월쯤 날을 택하여 은선이 소식을 수소문 해 보고 싶다. 만약 찾지 못한다면 그날 함께 얘기 나누었던 개구리에게라도 한

마디 전해 주기를 부탁하고 싶다. 10여 년이 지난 오늘에야 나도 한마디쯤 자신에게 조언할 단어를 찾았으니까. 여유 있게.

누구의 얘기처럼 앞으로는 싫을 때는 싫다고 하면서 살아 달라고. (1991)

늑 대 와 춤 을

흔히들 미국 영화의 자존심 하면 서부극을 말한다. 그 서부극에는 항상 미국의 이상이자, 자존심인 개척정신이 등장한다. 광활한 서부를 향한 미국인의 개척정신은 당당하고 정당화되어 '뉴 프런티어 정신(New Frontier Spirit)'을 이어받는다. 그리고 그 자존심은 인디언을 야만스러운 것으로 만들고 짓밟는데서 비롯되었다. 마치 이순신을 성웅으로 만들기 위하여 원균을 졸장으로 만든 것처럼.

인종차별과 함께 미국의 치부로 여겨지는 인디언의 학살 문제는 그 동안에도 꾸준히 제기되어 왔다. 소설, 영화, 연극 등을 통하여 일부 의식 있는 작가들은 통념적인 인디언 왜곡의 시각에 이의를 제기함으로써 백인들의 위선과 우월의식을 일깨우자 한 것이다.

올해 아카데미 작품상을 수상한 캐빈 코스트너 감독의 '늑대와 춤을' 이란 영화가 우리 극장가에서 대단한 인기를 끌고 있다. 웅장한 스케일, 정교한 화면 구성과 함께 자연과 교감하는 고독한 인간의 모습이 잘 투영된 작품이어서 그렇다는 얘기다. 진실에 입각한 인디언 세계에 접근, 작가적 양심이 일구어낸 휴머니즘의 개가라는 평이고 보면 일반적인 서부극에서 좀처럼 찾기 어려운 소중한 체험을 관객들은 할 수 있다는 것이다.

남북전쟁이라는 동족과의 싸움에 환멸을 느낀 소대장 존던바, 인디언 출몰지역에 지원, 인디언 수족과의 교우, 끝까지 인디언 세계에 동화되지 못한 주인공의 숙명적 한계 등을 보면서 우리는 새로운 시각에 접하게 된다.

문화사에서는 모든 문화에 접근할 때에는 먼저 그 문화에 대한 관심과 애정을 가지고 그 문화를 이해하려는 노력이 선결되어야 한다고 한다. 그러나, 그렇지 못한 상황 속에서 문화를 이해하는 때가 자주 발생한다. 실제로 한국문화와 일본문화는 이런 노력이 선결되지 못한 채 서로 비교 우위만 지키려고 노력한 느낌이다. 예를 들면 우리는 근친상간의 결혼관을 지닌 일본인들을 '왜놈' 이라 부르면서 경시하는 것이다. 아내가 죽으면 처제와 다시 결혼하여 함께 사는 일본문화. 우리의 유교적 사고에선 부도덕하고 패륜적인 행위이다. 하지만 그들은 전처의 아이들에게 많은 애정과 사랑을 베풀 수 있는 사람은 현실적으로 혈족인 이모가 그 가능성이 더 높은 것이라고 생각하고 있는 것이다.

이러한 관념의 차이를 없애는 것이 문화사를 공부하는 가장 중요한 척도이다. 그런 의미에서 평화로운 인디언 땅에 들어가 그들이 살고 있는 거주지를 하나 둘 빼앗아버리는 백인들에게 저항할 수밖에 없는 인디언들의 생존의 문제는 시각의 차이일 뿐 그들에겐 모두 절실하고 정당한 문제였던 것이다.

남북대화가 한창이다.

남북고위극비 회담이 순조롭게 진행되는가 하면, 이젠 남북이 유엔(U·N)에 동시에 가입하기에 이르렀다. 하지만 이런 문제보다 내게 관심을 끄는 것은 서로의 이질화 현상이다. 한 민족이었지만 40여 년 이상을 서로 다른 이념 속에서 언어, 풍속, 문화 등이 크게 달라져 통일 논의에 있어서 커다란 짐이 될 전망이다. 이러한 이질화 현상은 문제를 보는 시각 차와 편견을 낳아 문화를 평가함에 있어서 좋고 나쁨의 이분법적 논리를 탄생시켰기 때문이다.

문화를 알기 위해서 그들의 문화에 대한 애정과 이해가 있어야 되듯, 우리도 이제는 북한의 문화가 존재함을 인정하고 이해의 폭을 넓혀야 한다.

근자에 북한 기행기 등 북한을 알리는 책자가 우후죽순처럼 쏟아져 나오고 있다. 그런데 책을 저술한 저자에 따라 북한의 실정과 이미지가 매우 상이하게 기술되어지고 있다는 것이다. 그래서 나는 좀더 객관적인 평가와 이해의 폭을 지니기 위하여 10여 권의 책을 읽어보았다. 책을 읽어가면서 조금씩이나마 나름대로의 감(感)을 잡을 수 있었고, 북한 동포에 대한 애정과 믿음마저 솟구치게 되었다. 사회주의는 사

늑대와 춤을

회주의대로 자본주의는 자본주의대로 장단점이 있는 것이며 포용하지 못하는 이념은 결국 뒤떨어지기 마련이란 결론과 함께.

통일이 머지않아 이루어지라는 확신이 점점 구체적 실체로 다가오리라는 예상이다. 꼭 우리 식의 표현이 아니더라도 정(正) 반(反) 합(合)의 유물사관에 입각해서도 가능한 판단이다. 통일에 대한 많은 견해가 있으나 정부에서도 독일식 흡수통일은 문제점이 적지 않을 것으로 생각하고 나름대로 여러 각도로 연구하는 모양이다. 북한의 빈곤과 남한의 빈부의 격차라는 모순을 극복하기 위한 새로운 모델로 북한의 토지공유화와 남한의 시장경제체제가 합쳐진 평화통일.

어려운 형태일 가능성도 있으나 북한이 이제 시장경제체제를 도입할 계획이고 남한은 그 동안 미루어 왔던 토지 공개념의 이론을 보완하고 보면 크게 어렵지 않으리란 생각이다.

통일의 그날.

앞의 이야기들이 너무나 기본적이고 지엽적인 것으로 변하고 말겠지만, 조금 더 멀리 보고 서로의 생활 자체를 이해하고 사랑하는 시각을 가졌으면 한다. 북한과의 대화와 통일에의 가능성을 아직도 늑대와 함께 춤을 추려는 망상이라는 선입관을 씻어야 할 때인 것이다. (1991)

6년만에 꽃 핀 덴드로 비움

가람 이병기 선생님의 글에선 쉽게 '난(蘭)' 이야기가 나온다. 청초하고 군자다운 기품을 가지고 있는 난, 나는 학교 다니면서부터 멋진 난을 책상 위에 놓고 공부하고 싶었다.

사실 책에서 읽어 본 난의 기품을 제외하곤 난에 대해서 아는 것이라곤 무지에 가깝다. 종류도 잘 모르고 어떻게 성장하는지도 모두 모른다. 동양란과 서양란을 구분하는 것 정도를 제외하고는. 하지만 난하면 누군가의 입에서 나오는 소리만 들어도 친근하게 느껴졌으니 무식한 짝사랑 같은 소치였는지도 모른다.

언젠가 서울에 갔다가 현대백화점에서 '난 전시회'를 한다기에 무작정 구경갔다. 한자(漢字)로 쓰여진 이름을 자세히 살펴보면서 참 종류도 많구나 생각하였다. 그런 가운데서도 내 나름대로 좋은 난을 구별도 해 보았는데 이삼 백

만원을 호가하는 난들이 내 눈에도 멋지게 보였다는 것이
의아스러웠다.

결혼하기 직전 처가에 갔다가 장모님께서 난을 무척 좋아
하심을 알았다. 동양란 중 '소심', '건란', '춘란' 등 10여 개
이상의 화분을 가꾸셨기 때문이다. 나로서는 그 난들이 무
척 탐이 났고 난에 대해 해박한 이론과 실제를 겸비한 장모
님이 매우 존경스러웠다.

결혼후 나의 의중을 파악하신 장모님께선 '소심과 건란'
화분 2개를 선물하셨고 나는 감격하였다. 그리고 소중한 보
물로 애지중지 하였다. 하지만 내 실력으로 난을 보살핀 지
석 달을 넘기지 못하였고, 화분 2개는 모두 장모님의 손에
돌아가서야 회생할 수 있었다. 안타까웠지만 마냥 좋아한다
는 이유로 아름다운 생명을 망칠 수야 없지 않는가.

난 기르기를 포기한 몇 달 후 나는 첫 신혼여행(?)으로
제주도를 방문하였고 그곳에서 난원을 경영하시는 분께 양
란 화분 2개를 결혼선물로 받을 수 있었다. 고맙고 감사하
기만 하였다. '덴드로비움(Dendrobium)'. 이름만이라도 잊지
않으려고 종이에 적어서 소중히 간직하고 돌아왔다.

덴드로비움 화분 1개를 장모님께 선사하자 장모님께선 무
척 기뻐하시면서 꼭 예쁜 꽃을 피워 보겠다고 하셨다. 그리
고 동양란의 은은한 향기와 함께 비록 향기는 없지만 예쁜
꽃을 피워 그 자태를 뽐내는 서양란을 비교하여 주시고 내
게도 결혼선물이니만큼 예쁜 꽃을 활짝 피워보라고 권하셨
다.

일 년이 지나자 장모님께 선사한 덴드로비움에선 예쁜 꽃
이 함초로이 피었건만 내 화분에선 푸른 새 촉만이 자랄 뿐
꽃이 피려고는 생각도 안 했다. 화가 치밀었던 나는, 그후
이 덴드로비움에 대한 애정이 식어감만을 스스로 확인할 뿐
이었다.

지난 5년동안 덴드로비움은 다행히 죽지는 않았지만 단
한번도 꽃을 피우지 못하였고 나도 크게 관심을 가지지 못
하였다. 새해에 들어서자 올해는 꼭 꽃을 피워보고 싶었다.
6년만 이지만 꽃이 핀다면 올해는 하는 일 모두가 잘 될 것
같은 느낌이 직감처럼 스쳤기 때문이었다.

적당히 온도를 맞춰주고 알맞게 물을 공급했으며, 일조량
이 적은 아파트 일층이어서 아침 일찍이 들어오는 햇살을
화분이 맞이할 수 있도록 최선을 다 하였다.

그러던 어느 날 꽃대가 올라오더니 이내 아름다운 꽃을
피웠다. 6년만에 신비스러움을 드러낸 것이다. 하얀 바탕에
연보라색으로 끝부분이 물들여진 아름다운 꽃잎에 우리 가
족은 모두 환호성을 올렸고 단 하루만이라도 더 피어 있다
가 질 수 있도록 최선을 다하여 돌보았다.

열흘이 넘어서야 꽃은 시들었다. 그 열흘 남짓을 위해 지
난 6년을 이겨낸 모습에 저절로 고개가 숙여졌다. 사람이든
짐승이든 꽃이든 채소든 모든 것이 정성인 것임이 실감나기
도 하였다. 차분한 마음으로 꾸준히 모든 일을 해 나가야 함
을 극명하게 가르쳐 준 나의 덴드로비움. 느긋하게 끈기 있
게 기다리는 마음을 일깨워 심전경작(心田耕作)의 생활을

가르쳐 준 것이다.

이 꽃이 피면 올해는 모든 일을 잘 되리라는 생각이 스쳐 지나간 이유를 알 것 같다. 무엇이든지 자신감을 가지고 성실히 노력하라는 무언의 가르침. 그 가르침을 내게 알리기 위하여 지난 6년을 기다린 덴드로비움.

그 동안 난에 대한 무지. 단지 책을 통하여 이름을 알고 재배 방법만을 알려고 한 내 자신. 지난 10여 년간 무조건 난을 좋아한다고 얘기하였던 무식한 이야기도 이제는 개의치 않아야겠다. 난이 내게 준 교훈. 세상 삼라만상이 내게 귀한 가르침을 보였으니까. 얼마나 많이 알고 있느냐 하는 것이 지금의 내게는 별 가치 없는 흥미거리가 되어버린 것이다. (1992)

10년의 정체(停滯)속에서

인간은 자신이 생각하고 꿈꾸던 직업을 갖기 원한다. 부단한 노력의 결과로 만족스럽고 소중한 직업을 가진다는 것은 생각만 하여도 기쁘고 자랑스러운 것이다. 하지만 그렇게 원하였고 자부심을 느끼던 직장도 오랜 생활을 하다 보면 한번쯤은 권태감을 느끼고 그만 두고픈 생각이 떠오르기 마련이다. 경륜이 갖추어진 선배님들의 말씀에 의하면 입사한지 3년, 5년, 10년 되던 해에 이직률이 매우 높다고 한다. 정확한 통계인지는 알 수가 없으나 내 경험으론 대단히 정확도가 높은 자료인 것을 부정할 수 없다.

학생들과 어울려 울고 웃으며 온몸으로 사랑을 느껴온 지난날을 돌이켜보면, 교편을 잡은 후 3년, 5년, 10년째 많은 방황을 하였던 것으로 기억된다. 3년째에는 더 넓은 학문의 세계를 마음껏 섭렵해보기 위하여, 5년째엔 가정사로 인하여 크게 흔들렸고 10년째엔 계속 교단에 설 것인지 새로운 미지의 직업세계에 뛰어들 것인지 고민하였다.

사실 내 직업관은 적성과 취미를 신중히 고려하되 직업을 결정하면 최소한 10년동안을 열심히 일하고 나서, 그 성취도와 능력 등을 고려하여 다시 결단을 내린다는 생각이었다. 그래서 이 10년의 의미는 그만큼 클 수밖에 없었던 것이다.

어쨌든 새로운 각오로 다시 교직에 뛰어들었고 나름대로 매일매일 새롭게 탄생할 수 있었다. 매년 새롭게 만나는 청순한 눈동자에 순결함을 그리고 화사한 함박웃음에 싱그러움을 느끼면서.

여름방학이 끝나기 며칠전, 나는 마음도 추스릴 겸 서울 나들이를 하기로 결정했다. 별다른 이유도 없는 이런 여행에 내 몸을 던질 때면 알 수 없는 흥분에 휩싸여 상상의 나래를 마구 펼칠 수 있어 좋다.

사흘 예정의 나들이에서 둘째 날에는 소박하고 정겨운 자리를 마련하고자 친구와 후배를 협박 반 섞어 정중히 초대했다. 사실 초대는 내가 했지만 서울에 온 손님이라는 입장 때문에 대접받는 신세로 전락되었다.

셋은 모든 것을 잊고 멋지게 한잔하기로 의기투합되었다. 술좌석에선 학창시절의 추억이 대화의 1순위로 꽃을 피웠고 고향을 지킨다는 단순한 이유로 나는 그들의 부러움을 샀다. 갯내음 물씬 풍기는 바닷가에서 사시사철 계절의 변화를 음미하며 풍류를 즐기고, 밤이면 다정한 죽마고우들과

덕담을 나누는 장면을 가끔 꿈속에서 볼/수 있다며 이따금 향수에 젖는 모습은 조금은 나를 우쭐거리게 만들기도 하였다.

대화는 끝없이 계속되었고 셋 모두는 매우 즐거웠다. 그 즐거움 위에 한 순 배씩 도는 술맛 또한 분위기를 한껏 고조시켰다. 그저 술이 좋고, 친구가 좋고 그 위에 추억이 빛났다.

시간이 흐름에 따라 화제는 현재로 돌아왔다. 세상을 사는 이야기에서 우리들의 앞으로의 모습, 미래의 사회에 대한 기능과 전망 등 다양한 내용이었다. 셋은 직업이 서로 달랐고 가치기준 역시 조금씩 차이를 가지고 있었기에 폭 넓고 다양한 이야기들이 쏟아졌다. 직업적인 전문용어가 술잔 위를 뛰어 다녔고 영어 단어들도 쉽게 화학작용을 하여 술잔 속에 녹아 내렸다.

바뀐 화제 속에서 나도 처음 얼마간은 즐겁게 동참하였다. 그러다 컴퓨터에 관한 전문적 지식을 요하는 문제제기에서부터는 입을 다물고 일방적으로 듣는 일만 계속하게 되었다. 컴퓨터나 정보산업 등의 최첨단 산업은 아직은 전문성이 보장되었을 것이라는 내 생각이 크게 빗나갔기 때문이었다. 더욱이 그들이 쓰는 용어들은 내겐 이해하기 어려웠지만 대화의 자연스러움에 비추어 볼 때 흔히 사용하는 단어라는 생각이 들었다.

좋은 분위기를 계속 유지하기 위하여 열심히 듣는 척 하고 있었지만 내심 대단한 충격이었다. 그들이 매일 생각하고 쉽게 접하는 문제에 대하여 기본적인 지식이 너무 부족함도 문제였고 우리 나라의 장래에 대한 전망도 논리 정연하고 분석적이어서 단편적인 내 수준을 훨씬 능가하였던 것이다. 갑자기 나는 무인도에서 절망하는 낯선 자의 모습이 되었던 것이다.

아침 일찍부터 밤까지 학생들과 생활하면서 꽤나 열심히 내 자신의 맡은 임무를 수행하였다던 자부심이 일순 무너져 내렸다. 사회는 급변하는데 옛날 훈장님처럼 지니고 있는 낡은 지식을 전수하는 선생님. 조금 더 많은 시간을 쪼개어 사회와 접하고 연구하였더라면 이천 년대의 지도자를 길러내는 소임을 충분히 하였을 터인데 나는 20세기의 선생님으로 남아 있었던 것이다.

시대에 뒤떨어져버린 시골 선생님! 적절하게 표현된 내 모습이었다. 나는 소리 없이 술잔을 비우며 내 자신을 돌이켜 보아야만 했다. 마음 속 깊은 곳에서 새어나오는 생각, 그것은 부끄러움이었다. 왜 부끄럽다는 생각이 들었을까? 현재의 내 위치를 가장 잘 표현한 단어일까? 뒤이어 느껴지는 공포감에 나는 혼자만의 고독을 영접해야 했다.

하루가 다르게 급변하는 사회구조, 첨단의 생활을 추구하는 사람들과의 만남, 그리고 앞날에 대한 확고한 전망과 신념의 부족, 이러한 것이 그 이유일지도 모른다.

어쨌든 안이하고 평범한 사고와 생활로 지난 10년간 이렇게 정체했는지도 모른다. 정체 그것은 퇴보를 전제로 한 구체적 표현이며 창조라는 단어를 상실한다는 의미인 것이다.

10년의 정체(停滯)속에서

그날 저녁 나는 마시면 마시는 만큼 취하였고 또 깨어나
고 있었다. 자신을 철저히 부정하기 위하여 취하였고, 뇌리
속에 영롱히 떠오르는 어린 학생들의 해맑은 눈동자에 쉼
없이 깨어나고 있었다. (1992)

종 이 학

내 비밀스런 침대 머리맡엔 6각형 유리상자가 하나 놓여 있다. 이 유리상자 속에는 종이로 접어진 종이학이 무수히 많이 들어 있다. 세어보지는 않았지만 눈대중으로 천 마리쯤 되는 것 같다.

종이학을 천 개 접으면 소원이 성취된다는 속설이 있다. 간절한 기원을 이룰 수 있다는 긍정을 담고 있으련만, 어쩌면 이룰 수 없는 애틋한 사랑을 나타내는 부정의 상징인지도 모른다.

천 마리의 종이학이 담긴 유리상자는 내 소유물이 아니다. 내 집사람의 소유물이다. 여드름이 넘실거리는 중학생 남자아이에게 선물 받은 것이다.

그 학생은 자신을 가르치시는 우리 선생님이 지구상에서 가장 예쁘고 가장 존경스럽다며 몇 날 며칠을 접었을 수도 있고, 결혼해 버린 선생님을 짝사랑한 상심 어린 마음을 천 개의 종이학 속에 승화시켜 버린 지고지애(至高至愛)한 마음의 결실일 수도 있다. 어쨌든 좋은 해석을 하고 있지만 굉장한 보물인 양 애지중지하는 집사람의 모습에선 시기와 질투(?)를 느끼지 않을 수 없다. 하지만 나는 아직껏 단 한번도 싫은 내색을 한 적이 없다. 내게도 종이학에 대한 짙은 여운이 남아 있기 때문이다.

1982년, 여고 3학년을 담임하고 있을 때의 일이다.

분주한 신학기가 지나고 4월이 되면서 내 주위에선 예기치 않았던 변화가 일었다. 매주 월요일 아침이면 어김없이 내 책상 위엔 아름답고 탐스러운 꽃이 자리잡고 있었다. 그리고 월말이면 정성스럽게 포장된 월간지가 놓여 있었다. 부정기적이지만 아름다운 노래가 녹음된 녹음테이프도 볼 수 있었다.

처음에는 조금 쑥스럽기도 하였지만 무척 고맙고 흐뭇했다. 그리고 비밀의 주인공을 알아볼까도 생각했지만 겸연쩍어 할 모습을 상상해 보고선 모르는 체 지나가기로 하였다. 본인이 이름을 밝히지 않았음을 존중하는 의미로.

하지만 오래지 않아 나는 심각한 고민에 빠져야 했다. 그것은 또 다른 사건이 나를 맞이하였기 때문이었다.

매주 화요일과 금요일이 되면 집으로 편지 한 통씩이 어김없이 배달되어 왔다. 발신인은 익명이었으며 사연 담은 글귀는 찾아볼 수 없었다. 다만 예쁜 편지지에 시 한 편이 적혀 있었고 껌종이로 접혀진 종이학 세 마리만이 담겨 있었다. 그후 나는 계속 편지를 받았고, 그 속에는 사랑을 주제로 한 유명한 시인의 시 한 편이 종이학 세 마리를 동반하고 찾아들었던 것이다.

누군가의 짓궂은 장난이려니 치부하고 얼마동안은 편지를 뜯어보지도 않았다. 그러나 편지는 그칠 줄 몰랐고 석 달이 지나자 나의 신경은 예민해지기 시작하였다. 이러한 일련의 사태는 나의 어떠한 암시적 행동에서 비롯된 것이 아닐까 하는 의문에서 출발하여, 결국에는 이 묘령의 여학생이 엉뚱한 행동이라도 일으키지 않을까 하는 불안함 등으로 잠을 제대로 이룰 수 없었다.

고민 끝에 학생을 위해서도 무엇인가 매듭을 풀어야겠다고 다짐했다. 수업시간에 학생들에게 누군가가 오랜 기간동안 장난하고 있음을 알고 있으니 이제 그만 멈추었으면 한다고 덤덤히 얘기했다. 끝을 자연스럽게 맺으려고.

며칠 후, 결과는 더욱 난처하게 되었다. 책상 위에 놓인 새로운 쪽지로 인하여.

"선생님 제 친구가 선생님을 무지무지 좋아하거든요, 존경하기도 하고요. 그 동안 선생님 주변에서 일어난 일들, 모두 제 친구가 한 일이에요. 하지만 아무 조건 없이 감사하는 마음으로 했다고 해요. 그런데 선생님께서 누군가의 장난 때문에 신경이 쓰인다고 한마디 하신 후론 깊은 실의에 빠져 있어요. 선생님께선 현명하신 방법으로 친구를 예전처럼 만들어 주시리라 생각해요. 잘 부탁드리고요. 이름 밝히지 못한 점 널리 양해해 주세요."

쪽지를 읽고 나는 잠시 멍청히 서 있어야 했다. 학생을 안정시킬 방안을 마련해야 한다는 의무감이 내 어깨를 눌렀다.

다음날, 나는 내가 가르치는 학생들의 노트를 검사하기 시작했다. 이유는 노트 검사였지만 실은 종이학이 물고 오는 편지의 주인공을 찾기 위하여. 편지의 필체가 힘이 있고 예뻤기 때문에 어렵지 않게 그 주인공을 찾을 수 있었다.

'정명희'

정작 이름은 밝혀졌지만 나는 그 학생의 얼굴을 기억하지 못했다. 학생 사진첩을 뒤적거리고서야 얼굴을 알 수 있었다. 갸름한 얼굴에 단정한 모습, 그리고 말이 별로 없는 학생이었다.

수업시간에 명희가 보내온 편지 속의 시 한 편을 칠판에 적어 주었다. 간단한 해석과 함께 각 반마다 똑같이 적어 주었고, 명희의 교실에서도 마찬가지였다. 그리고 명희에겐 단 한번의 시선도 주지 않은 채 교실을 나왔다.

그후 졸업 때까지도 모든 것이 계속되었다. 철따라 변하는 향기로운 꽃다발, 예쁜 포장지로 깔끔하게 싸여진 월간지, 세 마리의 종이학이 물고 날아드는 사랑의 시 등이. 물론 나도 그 주인공을 본인도 모르게 묻어두고 있었다.

졸업식이 끝난 후 나는 명희와 그녀와 친한 친구들을 내 집에 초대했다. 과자를 먹고 차 마시고 내 앨범도 보면서.

그들이 일어서기 직전 나는 졸업선물로 준비한 한 개의 시계볼펜을 꺼냈다. 모두들 하나뿐인 시계볼펜을 명희에게 주기를 바랐다. 친구들은 하나뿐인 선물에도 기꺼이 이해하여 주었던 것이다. 잠시 반짝이는 눈망울 위로 진정 감사하다는 표정과 함께 그 동안의 긴 여정이 이제 서서히 끝나간다는 아쉬움이 명희의 얼굴에서 진하게 배어 나왔다.

오늘 학교에서 돌아오니 아들 녀석이 엄마와 함께 종이학을 접었다고 야단법석이다. 그 녀석이 쥐어주는 종이학을 들여다보니 10여 년 이상 가슴 깊숙이 숨어 있던 또 하나의 종이학이 날아든다. 나는 내 서재로 들어가 기록철 하나를 꺼냈다. 그때 받았던 사랑을 주제로 한 시가 지금도 30여 편 그 필체로 고스란히 숨쉬고 있었다. 한 편씩 읽어 내려가니 일순 그때의 일들이 주마등처럼 스친다. 책상 위에 몰래 꽃을 꽂기 위해 가장 먼저 등교하던 모습, 많은 시집 중에서 사랑의 시만 골라 쓴 예쁜 글씨체, 매주 정성스럽게 접은 여섯 마리의 종이학, 선물을 받고선 고맙다고 안타까워 눈물 글썽이던 모습 등.

라디오에서 흘러나왔던 노랫말이 떠오른다.
"내 너를 알고 사랑을 알고
종이학 슬픈 꿈을 알게 되었네
……
천 번을 접어야만 학이 되는 사연을
나에게 전해주며 울먹이던 너
못 다 했던 우리들의 사랑 노래를……." (1993)

心 卽 佛
-고 려불 화특 별전을 보고

하얀 눈이 소복이 내리고 나면 삼라만상은 고요히 침묵만을 고집한다고 한다. 오늘은 은백색의 눈이 세상을 감싼 뒤 끝 이어서인지 깨끗하고 조용한 신비감을 쉽게 맛볼 수 있었다.

가족과 함께 '고려불화특별전'을 보기 위해 호암갤러리에 도착한 시간은 오후2시 가까이였다. 마침 2시부터 안내원의 자세한 설명이 있어서 많은 도움을 받을 수 있었다.

'心卽佛'

인간의 마음이 곧 부처, 즉 마음먹기에 따라서 얼마든지 부처의 경지에 도달할 수 있다는 것이니, 잠시나마 부처의 마음으로 침잠해 본다.

고려의 대표적인 예술품으로는 상감청자(고려청자)와 불

화(佛畵)를 든다고 한다. 그 중 현존하는 불화는 100여 점 정도인데 우리 나라에는 10여 점 정도만이 소장되어 있고 나머지는 일본, 프랑스 등 외국에 산재해 있다고 한다. 이번 전시회에는 탱화 52점과 사경 17점을 전시하였는데 일본, 프랑스에서 국보급 고려불화 10여 점을 선보일 수 있도록 도와주었다니 한편으론 기쁘고 또 한편으로 안타까운 마음 주체할 수 없었다.

고려불화는 그림이 그려진 장소와 바탕의 재질에 따라 벽화, 탱화, 사경화(寫經畵), 판경화(板經畵)로 나눈다고 한다. 그 중 벽화로는 부석사의 조사당(祖師堂)의 「제석천, 범천, 사천왕도」가 유일하며 대부분이 탱화이고, 사경·판경화로 분류할 수 있는 경변상도(經變相圖)는 경전의 내용을 알기 쉽게 도해한 것으로 금니(金泥) 또는 은니(銀泥)를 써서 세밀하게 묘사한 그림이다.

고려불화는 화려한 색채와 섬세한 기법, 그리고 우아하고 독특한 형식으로 고려시대 미술의 정수로 일컬어져 왔으며 5가지의 특징을 가지고 있다.

첫째, 부처님 가슴에 卍자가 卐로 거꾸로 새겨져 있으며,

둘째, 주위에 원의 문형이 꼭 나타나고,

세째, 사실적인 묘사로 화려함과 섬세함이 잘 나타나 있고,

네째, 입체감이 잘 나타나 있으며,

다섯째, 여백의 미를 잘 처리하였다는 것이었는데 설명을 듣고 각 작품을 살펴보니 쉽게 이해가 되었다.

연대를 알 수 있는 고려불화 가운데 현존하는 최고의 작품은 1286년에 만들어진 일본은행 소장 '아미타래영도(阿彌陀來迎圖)'인데, 이번 전시회에는 빠져 아쉬움을 남겼다.

　불화의 내용을 살펴보면, 전기에는 나라를 지키고 백성들의 평안을 바라는 내용이었음에 비해, 후기에는 죽어서 극락에 태어나기를 비는 불화들이 많았다. 안내원의 설명 속에는 보살들을 구별하는 법 등 이해를 돕는 내용이 무척 많았다. 예를 들면 관음보살의 보관 가운데 부처님의 모습이 그려져 있으며, 지장보살은 치장을 하지 않고 비구승의 모습을 하고 있다는 것이다.

　전시실은 다섯 분야로 나누어져 있었다. 관경변상도(觀經變相圖), 아미타여래도(阿彌陀如來圖), 수월관음보살도(水月觀音菩薩圖), 천수천안관음보살도(千手千眼觀音菩薩圖), 지장보살도(地藏菩薩圖)등 이었다.

　개인적으로는 호암미술관 소장「아미타삼존도」가 가장 인상적이었다. 관음보살은 허리 굽혀 두 손으로 연대(蓮臺)를 받치고 있고 아미타불의 백호에서는 한 줄기 빛이 나와 왕생자를 비추고 있는 그림이다. 이는 왕생자를 태워서 극락으로 향하고자 하는 아미타 신앙을 잘 표현한 것이라 하겠다.

　특기할만한 것으로는「변상도」에 금니(金泥)로 선을 일일이 그려 넣었는데 현대의 컴퓨터로도 재생하지 못하고 있다고 하니 그 섬세함은 말로 표현할 수 없다.

　또 고려불화에는 그림의 아래에 화기(畫記)라고 하여 화가, 그린 연대, 그리고 시주자 등을 기록하였는데 소장자나 도굴범들이 이 화기를 많이 오려 내거나 지워버려 그 연대 등을 알 수 없는 것이 많다고 하니 안타까움을 이루 말할 수 없었다.

한 시간 삼십 분 동안 고려불화에 대하여 공부하고 감상하니 그 뿌듯함을 말로 표현할 수 없거니와, 이런 우리의 중요한 문화유산이 대부분 외국에 소장되고 있음은 크나큰 충격이었다. 앞으로 해외에 있는 우리 문화재를 조사·연구하여 국내에 유치하도록 노력함은 물론 과학적인 보존 방법에도 신경을 크게 써야함을 새삼스럽게 느꼈다. 그런 점에서 국내 최고의 사경인 국보 196호 신라 백지묵 서대방광불화엄경 변상도가 과학적으로 보존 처리되어 최초로 공개되었음은 전시회 측의 치밀한 준비 덕분이었음을 치하하지 않을 수 없다.

전시실을 나오면서 염주 한 개와 지장보살, 관음동자 상을 한 쌍 샀다. 불심 깊으신 어머님을 모시지 못한 죄책에 대한 배려였다. 어머님과 함께 안내 책자나마 보면서 '관세음보살'을 찾으면 죄 많은 중생으로서 조금이나마 보시가 될 수 있을는지. 그저 자비만을 구할 뿐이다. (1994)

이어지는 편지 속에서

한 해가 저물어 가는 요즈음, 머지 않아 학교를 떠나야 할 아이들을 보며 지난 겨울의 일을 기억해 본다.

왠지 답답하고 짜증스럽게 느껴지던 방학 마지막 날, 편지 한 통을 받았다.

대단한 비밀인양 겉봉엔 발신인 주소도 없었고, 석 장에 이르는 장문의 편지에는 깨알같은 글씨가 쓰여 있었다. 나는 무려 한 시간 이상을 이 편지에 매달려 있어야 했다. 길기도 무척 길었지만 많은 부분이 철자법과 띄어쓰기가 틀려 일일이 번역(?)해 읽어야 하였기 때문이다. 내가 이렇게 국어 교육을 시켰나 하는 자조적인 반성의 기회도 되었지만 국어 선생님에게 편지를 보내야 하는 어려움마저 감수한 채 석 장이나 편지를 쓴 용기에는 탄복하지 않을 수 없었다.

편지에는 지난 3년동안 어려웠던 학교 생활 속에서 특별히 생각나는 추억의 순간들을 모두 생생히 담고 있었는데 대부분 안타깝고 후회스러운 고백을 하고 있었다. 솔직하고 담담하게 표현된 글의 진지함에 가슴이 뭉클하였으며 그 고난의 순간들이 졸업을 앞둔 지금에 와선 아름다운 추억으로 변할 것 같다는 끝맺음은 반가움으로 뇌리에 깊이 조각되었다.

다음 날이 바로 개학이어서 나는 학교에서 편지 쓴 학생을 만날 수 있었다. 편지 너무 고맙게 즐거운 마음으로 읽었다며 다음에 답장 보내주마고 약속하였다.

며칠 후 또 한 통의 편지를 다른 학생에게서 받았다. 이 편지 역시 졸업을 앞두고 그 동안의 은혜에 감사한다는 내용이었다. 전혀 예상치 못했던 학생의 편지이어서 더욱 고마웠다.

이튿날, 나는 이 학생에게도 편지 매우 고맙게 잘 받았으며, 세련된 문장이 퍽 돋보였다고 곁들여 주었다.

졸업식 날, 많은 편지를 받았는데 그 가운데 앞서 얘기한 학생이 보낸 두번 째의 편지는 예상외로 충격적인 내용이었다.

서글픈 어조로 시종 계속된 이 편지에선 선생님께서 다른 학생에겐 문장력이 있다고 칭찬하셨는데 내겐 그런 얘기를 하지 않았으니 자기의 편지를 받고선 얼마나 흉보고 깔보았는지 쉽게 짐작이 간다고 쓰여 있었다. 그리고선 자신의 연락이 있을 때 까진 전화도 편지도 일절 하지 말라고 매우 강하게 끝맺고 있었다.

내심 무척 당황했다. 사춘기의 학생들은 조그만 일에도 얼마나 민감한 것인가. 하필 내가 칭찬하는 자리 곁에서 그 얘기를 귀담아 듣고 그렇게 슬픔에 잠길 줄이야. 한참을 고민하다가 그 학생의 마음의 상처는 시간이 흘러야 한다는 결론을 내리고 당분간 그냥 묻어 두기로 하였다.

고등학교 입학식이 있기 전날, 나는 크게 용기를 내어 이 학생 집으로 조심스럽게 전화를 하였다. 입학을 축하한다고. 보이지는 않았지만 무척 상기된 표정으로 전화를 받았으리라 느낄 수 있어서 그날은 편안한 잠자리를 가졌다.

며칠 후 예상한 편지가 도착했다. 별 생각 없이 편지를 뜯어 본 나는 깜짝 놀라고야 말았다. 너무 예뻐진 글씨체, 거의 완벽에 가까운 띄어쓰기와 맞춤법, 눈은 휘둥그레지고 마음은 도리깨질을 치기 시작했다.

국어사전을 옆에 두고 모든 지식을 총동원해 만든 편지 한 통. 그 정성과 우직스러움 그것 자체가 사랑이요, 아름다움이었다. 그 원인 제공자가 나요, 무심히 던진 한 마디가 한 학생을 얼마나 좌절시킨 것인지. 다행히 좋은 결말을 보았지만 한 통의 편지는 내 자신을 가르치기에 충분한 선생님이었다. 학생들은 항상 학생으로 머물지 않고 스승으로 변한다. 그들은 비어 있는 내 머리 속에 깨달음과 사랑을 심어주고 떠난다.

붙잡아 영원히 함께 하고 싶지만 더 크고 거대한 학생 스승을 만나게 하기 위해서인지 몰라도 내가 깨달을 순간이면 홀연히 떠나버리는 것이다. (1995)

참회록 (懺悔錄)

글을 쓸 때마다 자못 불안한 마음을 떨쳐 버리지 못할 때가 많이 있다.

그것은 글을 쓰면서 실제와는 다르게 더욱 성실한 사람인양, 더욱 용기 있는 사람인 양, 그리고 더욱 자상한 사람인양 자신이 표현되고 있음을 스스로 발견하고 깊은 회한에 잠기기도 하기 때문이다. 그럴 때면 항상 시인 윤동주님이 떠오른다.

그가 남긴 시 '참회록'을 되뇌며 참회해야 할 때가 너무 많으면서도 단 한 번도 참회의 글을 써보지 못한 자신을 질책하면서 오늘 아침 몸을 정히 하고 ㅅ병원 영안실로 향하였다.

고인은 초등학교 1학년때 담임 선생님이신 조 선생님이시다. 그 동안 전남대학교 의과대학 부속병원에서 암으로 투병생활을 하시다 이틀전 돌아가셨다.

돌아가신 분을 문상하러 가는 길이니 숙연해질 수밖에 없는 것이련만, 마음 깊숙이 짓누르는 죄의식 때문에 발걸음이 천근 만근 무겁기만 했다.

이유인즉 작고하시기 한 달 전인 지난 3월 초순. 당신의 천수(天壽)를 헤아리셨는지 지난 30년 이상의 교직생활을 회상하시며 보고 싶은 몇몇 제자들을 기억해 내셨는데 그 중에 내 이름도 있었다는 소식을 전해 들었지만 차일피일 미루다 고인의 생전의 모습을 뵙지 못하고 말았기 때문이다.

죄책감과 송구스러운 마음으로 선생님을 찾았지만 선생님의 영정을 뵙는 순간, 그 자리에서 서 있는 내 자신이 얼마나 뻔뻔하고 몰염치한 사람이었는지 다시 한번 깨달을 수 있었다. 평생을 2세 교육에 몸 바치시다 이제 병마가 스며들어 병상에 누워 계시면서 주마등처럼 스쳐 지나가는 옛 제자들의 모습을 떠올리시다가 30년 전 제자를 한 번 만나보길 원하셨다는 선생님. 그 영정 앞에 버젓이 서 있을 수 있는 나는 도대체 어떤 인물인 것인가?

더욱이 그 가증스러울 만큼 뻔뻔스런 제자가 선생님의 뒤를 이어 교단에 서서 또 다른 제자들을 길러낸다고 상상해 보면, 갑자기 엄습해 오는 오한과 함께 눈물이 주르륵 흘러내렸다.

그러나 시간은 되돌릴 수 없는 것, 이제는 마음놓고 소리내어 울 수도 없는 처지가 된 것이다. 그저 죄인의 자격으로 선생님의 극락왕생만을 기원해야만 하는 못된 제자임을

참회록(懺悔錄)

자책하면서.

발인(發靷)하기 전 마지막 염이 끝나자 떠나시는 고인께 마지막 술 한 잔 올리고 싶은 사람은 나오라고 하였다. 어찌해야 될지 몰라 한참을 망설였다. 앞으로 나가서 지은 죄를 빌며 술 한 잔 올린다면 오히려 죄가 되지나 않을까. 부정타는 행동은 아닐까. 이제는 더이상 보고싶지 않는 제자의 술잔 때문에 마지막 가시는 길이 불쾌하지나 않으실까 갈피를 잡을 수 없었다.

참담하고 안타까운 심정이었다. 그것은 불효자가 부모님상을 당하면 더욱 슬피 울 수밖에 없는 것처럼. 하지만 나는 결국 술잔을 올리지 못한 채 영정만을 송구스럽게 쳐다보아야만 했다.

다음날 나는 교단으로 돌아왔다. 그리고 초롱초롱한 학생들의 눈망울을 바라보면서, 스승의 날이면 내 은사님들은 찾아 뵙지도 못하면서 제자들의 편지나 선물을 내심 기대했던 못난 자신이 또 한꺼풀 낱낱이 벗겨짐을 느껴야만 했다.

슬프디 슬픈 모습으로, 그러나 그윽한 눈동자로 오로지 제자이기 때문에 모든 것을 용서하고 사랑하마라고 꿈속에서라도 꼭 선생님께서 말씀하실 것 같은 것도, 한없이 약삭빠른 나의 이중인격의 모습일 것이라 생각하니 스스로 두렵고 안타까운 마음을 떨쳐 버릴 수 없다. (1995)

넷

어머니에서 압구정동까지

내가 아니고 어머니인 것을

여섯 살 짜리 아들은 낙서하기 위하여 자꾸 연필을 깎아 달라고 응석이다. 하지만 조심스럽게 정성껏 깎아 준 연필은 5분을 넘기지 못하고 부러지고야 만다. 나는 서너 번 깎아 주다가 점점 귀찮아져 화라도 내고 싶은 충동을 느낀다. 아예 연필 깎는 기계를 사다주어 버릴까 하는 생각이 슬그머니 고개를 드는 것은, 그 동안 연필 깎는 기계를 거부하고 살아온 나로선 자가당착적인 느낌이 아닌지 모르겠다.

요즈음 중·고등학생들은 대부분 '샤프'라는 연필의 대체품을 사용한다. 깍지 않아도 위 부분을 누르기만 하면 가는 연필심이 나오게 되어 있어서 여간 편리한 게 아니다. 연필을 일일이 깎아가면서 공부하기엔 시간이 아깝다고 느끼는 현대의 젊은이들에게는 급변하는 시대의 흐름과 함께 샤프와 호흡이 잘 맞는 모양이다. 교실에 들어가 보면 한 반에 두서너 명씩 연필을 사용하는 학생들을 볼 수 있는데, 이 연필 역시 자세히 들여다보면 연필 깎는 기계에 의존하여 정교하게 깎여진 것이다. 칼을 사용하여 정성 들여 직접 깎은 것은 아니다. 더욱이 몽당연필을 사용하는 학생은 찾아보기가 매우 힘들다.

학용품이 귀한 시절, 우리는 연필을 매우 귀하게 사용한 기억이 있다. 부러질까봐 정성을 들여서 글씨를 썼으며, 잃어버릴까봐 하루에도 몇 번씩 필통을 들여다보아야 하였다. 닳아서 약지 손가락만하게 되어 글씨 쓰기가 불편해지면 볼펜대에 끼워 사용하였는데, 이 몽당연필도 누가 연필을 많이 가지고 있는가를 따질 때면 퍽이나 중요한 구실을 하였던 것으로 기억된다.

또한 연필심의 탄소 함량이 부족해서인지 쓰여진 글씨가 희미하여 알아보기가 어려울 때는 침을 연필심에 묻혀서 쓰던 것이 습관이 되어 성장한 지금까지도 침을 발라 글씨를 쓰는 사람도 많다. 학교가 조용한 일요일이면 교실 마룻바닥이 구멍난 노후 교실만을 골라 환기통을 통하여 교실 바닥 밑으로 기어 들어가 연필 몇 자루를 주워 가지고 나와 하루종일 흐뭇해 하였던 기억들이 뇌리를 스친다.

하지만 내가 연필 쓰기만을 고집하는 것은 이런 이유보다는 더욱 진한 추억이 내 가슴속에 묻어 있기 때문이다.

초등학교 입학 이후 나의 어머님께선 새벽녘이면 항상 연필 서너 자루를 예쁘게 깎아 필통에 넣어 내 머리맡에 놓아두셨다. 나는 마치 기계로 깎은 연필처럼 아주 예쁘게 깎인

내가 아니고 어머니인 것을

이 연필들을 무척 좋아했다. 친구들에게 이 예쁜 연필의 자태를 자랑하기도 하였으며, 다음날 새로이 깎인 연필의 새 모습을 보기 위하여 내가 지닌 모든 연필이 닳아지도록 밤 늦도록 쓰기 공부를 하기도 하였다. 친구들이 자신들의 연필보다 더 예쁘게 깎여진 내 연필을 빌려쓰기 위하여, 느네 엄마의 얼굴처럼 연필이 아주 예쁘다고 칭찬하는 얘기도 나는 맹목적으로 좋아했었다.

중학생이 되어선 수학시간을 제외하곤 잉크와 펜을 사용하면서 연필을 쓰는 시간이 줄어들어 어머니의 연필 깎는 매일의 일과는 궤도를 벗어나게 되었다. 하지만 한 달에 한 번씩 치르는 시험 때가 되면 어머님께선 초등학교 시절처럼 연필을 예쁘게 깎아 주셨고, 나는 어머님께서 손수 깎아 주신 연필로 시험을 치르면 좋은 성적이 나오는 묘한 습관을 지니게 되었다. 어쩌다 시험 기간동안을 깜빡 잊으시고 연필을 깎아 놓지 못한 날이면, 그날 나의 시험 점수는 만족할 결과를 가져오지 못하였던 것이다. 예쁘게 깎이어 가지런히 놓인 날이면 항상 성적이 좋았던 것과는 달리.

시대는 많이 변하여 필기구의 종류도 헤아리기 어려울 정도이다. 연필을 비롯하여 볼펜, 샤프, 플러스 펜, 니들 펜, 심지어는 중요한 구절을 표시하는 형광 펜에 이르기까지. 하지만 필기구의 발달에도 불구하고 요즈음 학생들의 글씨 솜씨는 옛날처럼 아름답지 못하다는 인상을 받는다. 글씨를 쓰기 싫어하는 시청각 세대여서인지 붓글씨 연습을 하지 않아서인지는 알 수 없으나 크기와 모양이 조잡하다. 심지어는 그 꼴을 알 수 없는 표기마저 쉽게 볼 수 있다. 아마 연필을 깎는 정성처럼 글씨를 성의 있게 쓰지 못해서 그럴 것이라고 지레짐작하는 것은 나의 연필에 대한 연민과 추억 때문인지도 모른다.

요즈음 어머님께서는 무슨 일을 할 때마다 항상 돋보기에 의존하신다. 그래서인지 어머님의 섬세하시던 손 맵시도 예전만 같지 못하다. 그러나 모든 일에 열심이시다. 오늘 아침에도 손자 녀석을 무릎에 앉히고선 새 연필 한 자루를 깎기 시작하신다. 내가 퇴근할 무렵이면 저 연필은 조심성 없는 녀석에 의해 몽당연필로 변할 것이다. 그렇지만 조금도 아랑곳하지 않고 자꾸만 예쁘게 깎아 주시는 어머님에게서, 진정 연필 깎는 기계를 배척하는 것은 내가 아니라 어머님이심을 새삼스레 느낀다. 그리고 저 꼬마녀석이 오래도록 연필만을 고집해 줄 것을 기대해본다. (1990)

핵가족 유감

　'아들 딸 구별 말고 둘만 낳아 잘 기르자'던 구호가 '딸
아들 구별 말고……'로 바뀌고, 다시 '잘 키운 딸 하나 열
아들 안 부럽다.'는 가족계획협회의 산아제한 논리는 '한 집
건너 하나 낳기'라는 대학가의 유행어(?)를 만들고, 우리의
뇌리 깊숙이 자리 잡아 가족계획에 관한 한 선진국 수준에
도달하게 되었다.

　자녀에 대한 교육문제 역시 그 관심이 더욱 높아져 토요
일 오후는 가족과 함께 지내야한다는 대 원칙이 적용되어,
주말이 되면 밤손님 덕을 톡톡히 보던 술집의 경기가 난기
류를 보이는 풍속도로 바뀌어졌다. 한두 자녀만 기르다 보
니 더 잘 먹이고, 더 잘 입히고, 더 잘 가르쳐야 한다는 부
모님의 생각은 백 번 옳은 논리다.

　여하튼 핵가족은 부모에게 자녀 양육비, 교육비의 지출을

줄여주는 대신 부모의 애정을 더욱 깊게 하는 좋은 제도일
수가 있는 것이다.

　중·고등학생들과 어울려 생활한 지 10년.
　강산이 한번 바뀐다는 시간이지만 나는 매양 고맙기만한
그 치들과 힘든 씨름을 하면서 별반 달라지지 않은 내 주변
이 사뭇 신기하기만 하다. 물론 구레나룻 수염의 머스마, 아
기를 안은 새댁의 제자들을 보면서 세월의 흐름을 직감하기
는 하지만, 어쨌든 내 생활은 사철 변함없이 똑같이 계속되
는 터이다.
　마치 70년대 말의 일선 교육자로 선 내 모습이나 지금의
모습이나 구태의연하다고 이야기 할 만큼 그대로인 것이다.
　그러나 요즈음 조금씩은 겁나는(?) 생각이 스멀스멀 고
개를 든다. 사회양상과 함께 학생들의 사고영역이 점차 변
해가고 있음을 느끼기 때문이다. 젓가락 대신 포크만 사용
해 젓가락질을 못하는 학생이 상당수이고, 외국인들마저 즐
겨 찾는 우리의 김치를 매워서 못 먹는다고 쉽게 말하는 학
생들이 늘기 때문이다.
　시대가 변했고 세계가 한 지붕 밑으로 연결되어 생일이
되면 떡보다는 케이크로 대신하고, 기성세대는 들어보지도
느껴보지도 못한 발렌타인 데이를 잊지 않고 찾아 즐기는
오늘의 적극적이고 발랄한 세대들을 가장 먼저 이해하여야
할 위치에 있는 내가 이렇게 부정적인 단면을 가지고 있음
자체가 오히려 문제일지는 모른다. 아무튼 나는 앞으로 세

대간의 단절이 더욱 가속화되지 않을까 하는 걱정과 함께 그것이 핵가족 제도와 연관을 가지는 것이 아닌가 하는 의구심을 느낀다.

핵가족 가정을 면밀히 살펴보면 자녀에게 우선권이 참으로 많이 주어지고 있음을 쉽게 발견할 수 있다. 자녀에 대한 부모의 관심이 높아져서 좋은 음식도 자녀 먼저, 좋은 옷도 자녀 먼저, 좋은 제품의 물건도 자녀 먼저 사용하는 애정을 베풀게 되니 이들은 처음부터 자신만을 위하는 생각에 스스로 빠져들어 우리의 것이 무엇인지 함께 사는 것이 무엇인지도 인식하지 못한 채, 자신들만을 위해 주는 부모님 밑에서 하고 싶은 대로 행동하는 자신이 된다. 즉, 남을 위해 노력하는 봉사와 헌신의 자세를 익히지도 못한 채 개인주의와 이기주의가 복합된 형태로 나타나, 가끔 야단이라도 하면 무슨 뜻인지 왜 그것이 잘못인지 이해하지 못한 채 두 눈만을 끔벅거리기만 하여 안타깝기만 하다.

심할 때에는 그들은 진정어린 눈물을 글썽이며 "선생님, 무엇이 잘못입니까?" 하고 울부짖는 모습에 오히려 꾸중한 자신이 부끄럽고 민망하여 학생들의 두손을 꼬옥 잡아주어야만 하는 무능한 교사가 되어야 한다.

그래도 크게 위안이 되는 것은 할아버지, 할머니를 모시고 함께 사는 학생들에게서 비교적 남을 위할 줄 아는 따뜻한 마음을 자주 발견할 수 있음이니, 서양의 핵가족 제도는 아무래도 내게는 유감일 수밖에 없음이랴. (1989)

핵가족 유감

나의 아름다운 仙

비행기는 구름 위를 날아 잘만하면 신선이 되었으리라는 착각이라도 하련만 그저 몇 자 적고자 하고픈 충동만을 느낄 뿐이니, 나는 아직도 너무나 평범한 자연인임을 벗어나지 못한 것 같습니다.

창 밖으로 보이는 지상은 숲과 하천이 대부분 가끔가다 보이는 꼬불꼬불한 차도만이 전부이니 이곳이 어느 나라인지 분간하기도 어렵습니다. 안내지도로 미루어 이제는 한나라로 변해버린 베트남이 아닌지 짐작해봅니다.

무엇을 얼마나 공부하기 위해 이렇게 움직이는가 하는 생각도 들지만 조금은 크고 멀리 보는 혜안이 길러졌으면 하는 기대와 함께 남은 기간동안에는 시간을 아낄 줄 아는 그러한 인간으로 성장해야만 된다는 중압감이 느껴지는 것 같아요.

당신을 두고 혼자 여행하게 되었다는 미안함과 송구스러움이 내 어깨에 무거움을 더해가지만 한 나라 한 나라 관광이 끝날 때마다 보지 못한 당신이 이해될 수 있도록 자세히 설명해 연락 드릴 것을 약속합니다.

지난 이틀동안의 대만 여행은 아쉬움이 많은 여정이었어요. 왜냐하면 대만은 사흘의 관광으론 그 나라와 그 국민을 이해하기 무척 힘든 나라라고 생각이 되었기 때문이죠. 며칠만 더 머물렀더라면 하는 안타까움을 다음 기회에 꼭 다시 방문해야겠다는 마음속의 다짐으로 대신했으니 아마 그때는 당신과 함께 하리라 생각됩니다.

대북 시에서의 사흘!

모든 관광 명소, 식당 및 숙소에서 쉽게 볼 수 있는 수많은 한국인 관광객 틈에서 중국적인 것이 무엇인지 도무지 분간할 수가 없었습니다. 다만 현지 가이드의 친절과 정성만이 우리를 기쁘게 해 주었지만 어쨌든 가이드의 화려한 설명도 수많은 한국인들의 틈바구니에서 이국적인 느낌을 받기에는 너무 미약하였습니다. 그래서 가이드에게 부탁, 우리 일행 몇 명만 밤 9시 30분부터 야경을 구경하기로 약속하였습니다.

설레는 마음과 함께 간편한 차림으로 우리 일행 6명은 만화야시장(萬華夜市場)을 구경하기로 하고 택시를 탔습니다. 야시장의 거리를 구경하면서 조금은 중국적인 모습을 확인할 수 있었습니다. 화기애애한 분위기를 이어가고, 중국 음식도 먹어 볼 겸 조그마한 가게에 들어갔습니다. 거기에서 새우튀김 등을 술과 함께 시켜 놓고 담소하며 즐겼습니다.

현지 가이드는 어머니가 한국인인 화교 계의 이려매(李麗梅)라는 아름다운 아가씨였는데 대만을 이해하는데 필요한 많은 얘기를 들려주었어요. 저녁 식사시간에 식당이 유난히 붐비자 손수 반찬을 날라 올 때 이미 착하고 정성스러운 사람인지 알았지만 밤늦은 시간에도 우리의 하염없이 쏟아지는 질문에 성심껏 답변해 주는 모습이 무척이나 아름답게 느껴졌었다오.

한참 흥에 겨워 있을 때 저녁식사를 하였던 한국인 식당 한성장 주인과 우연히 마주치게 되었습니다. 경성고를 나왔다는 40대의 식당주인은 저녁식사 때 한국인 관광객 손님을 무려 800명이나 받아 제대로 대접하지 못했다고 사과하면서 자신이 자리를 옮겨 고국에서 온 동포들에게 술 한잔 대접하겠다고 하였고, 사양하는 우리를 이끌고 다른 음식점으로 안내하고선 새로운 중국음식을 선보여 주었습니다. 술잔을 기울이면서 우리는 이국 땅에서 따뜻한 동포애를 피부로 느꼈으며, 우리 교포들의 대만 생활을 이야기들을 수 있었지요. 88 서울 올림픽 이후 한국인에 대한 인식이 좋아졌다고 하며 어려웠던 이국 생활을 이야기하면서 무척 기분 좋아하던 그 분의 모습에 우리는 조국 땅에서 너무 편하게만 살고 있지나 않았는가 하는 생각이 듭니다.

숙소로 돌아오기 전 우리들은 이 소저에게(나는 가이드를 소저라고 호칭하였소) 예쁜 신발을 선물하기로 하였습니다. 아마 당신이 나와 함께 있었으면 이 소저의 아름다운 마음씨와 정성에 나에게 꼭 그렇게 하도록 했을거요. 그녀는 신발을 받고 무척 기뻐하였는데 선물을 받고 그렇게 기뻐하는 모습을 오랜만에 보니 내가 더 흥겨웠습니다. 아마 그녀도 자신을 인정해주는 우리 일행의 성의에 기뻐했을 것이라 생각됩니다.

흥에 겨운 우리 일행은 조금 늦은 시간이었지만 호텔 옆 조그마한 술집을 찾았습니다. 화려하지는 않았지만 간단하면서도 안락하게 꾸며진 술집이었소. 컴팩트 디스크(Compact Disk) 중에는 한국 가요 판이 많이 있었는데 중국인 손님 중에서 조용필의 '돌아와요 부산항에' 라는 노래를 반주에 맞춰 우리말로 완벽하게 부르는 것을 보고 깜짝 놀랐습니다. 우리의 문화도 많이 성장하였음을 다시금 느낀 순간이었지요.

끝으로 나는 당신에게 부끄러운 고백을 하여야만 할 것 같습니다. 이곳에 와선 빈부의 차이를 무엇으로 구별하여야 할 것인가를 가늠하지 못하였습니다. 외형상 허스름한 건물의 주인도 많은 저축을 하면서 생활하고 있으니 사치를 모르는 그들의 외형적인 모습으로는 빈부의 차이를 구별할 수 없음이 당연하겠지요. 십 년 전 동두천에 근무할 때 나는 가난한 집을 많이 가 볼 기회가 있었소. 그때 가정마다 텔레비전과 냉장고가 있음을 보고 어느 집이 가난한 집인지 구별 못했던 기억이 새롭소.

가난한 사람들의 사치성과 부자들의 검소함 이것이 가난하고 부자가 된 비결이 아닌가 생각하면서 잘못된 나의 의식구조를 이 기회에 바꿔야겠다고 생각하였습니다.

　사랑하는 선(仙)!

　오늘밤에도 밤하늘에 빛나는 별을 보면서 고국에서 고생할 당신의 모습을 그려보겠습니다. 귀여운 우리의 아들딸과 함께 고운 꿈 엮어 보시길 빕니다. 또 서신 드리겠습니다. (1990)

올 겨울 신혼여행

올 겨울은 유난히 따뜻한 느낌이다. 낮이면 구름도 없이 봄볕처럼 쏟아지는 햇살이 간지럽기만 하다. 어디론가 훌쩍 혼자 여행이라도 다녀오고픈 심정이다.

여행생각이 머리 속에 떠오르자 이내 아내 생각으로 옮겨 간다. 결혼하고선 직장 일로 곧바로 신혼여행을 가지 못하여 그 대가로 매년 겨울이면 신혼여행(?)을 다녀오기로 아내와 약속했다. 그 동안 한 차례도 빠지지 않았지만 올 겨울은 왠지 마음이 마냥 바쁘기만 하다. 아내는 언제 어디로 가느냐고 성화지만 확실한 날짜도 장소도 대답할 수 없었다.

오늘은 확답을 꼭 해야겠다는 생각에 미치자, 나는 서둘러 서울 여동생에게 전화를 하였다. 제주도 콘도를 1월말 경에 예약할 수 있겠는가를 묻고는 동생 부부도 함께 여행하지 않겠는가 조심스럽게 타진해 보았다.

저녁때가 되어 동생은 콘도 예약을 했으며 제주도에서 만나 함께 관광하자고 하였다. 아내에게 올해는 제주도 여행하기로 결정했음을 알렸다. 아내는 무척 기뻐하는 눈치였고 비행기 타고 여행한다는 말에 두 꼬마녀석들은 손가락으로 남은 밤을 헤아리며 껑충껑충 뛰었다.

사실 내가 제주도로 행선지를 결정한 몇 가지 이유가 있다. 첫째는 아내가 제주도 성산포를 무척 사랑하기 때문이다. 성산포라면 시집뿐 아니라 레코드판까지 갖추고는 자주 듣고 즐길 정도이니, 제주도 성산포를 다시 한번 직접 방문한다면 틀림없이 좋아할 것이다. 둘째 이유는 아름답게도 신혼여행이지만 불청객 아닌 불청객 두 꼬마녀석들이 딸리기 때문이다. 교육상 필요한 여행이 되겠지만 일정이나 장소를 잘못 정하면 대단한 곤욕을 치러야 하기 때문에 차량을 이용하는 시간이 짧아야 한다. 세째는 경제적 이유이다. 콘도를 이용하면 숙식비가 저렴할 뿐 아니라 서울 가는 기차(새마을호) 여객운임이면 비행기로 50분만에 제주도에 도착할 수 있는 등 총 경비가 다른 곳보다 적게 들리라는 생각이었다.

하지만 내 계획의 일부가 차질을 빚고 말았다. 왕복 비행기표를 예매하러 갔던 아내가 다급한 목소리로 전화하였던 것이다. 출발표는 구할 수 있으나 돌아오는 표가 없다는 것이다. 결국 궁여지책으로 진주를 거쳐서 돌아오는 표를 예매하였지만 밤에 애들을 데리고 돌아올 것을 생각하니 걱정스럽기 짝이 없었다.

어쨌든 기세 등등한 두 꼬마녀석들을 데리고 신혼여행 길에 올랐다. 처음 타 본 비행기 밖으로 보이는 구름들이 신기한 듯 연신 웃고 즐거워하는 그들의 모습에서 생의 아름다움을 느꼈다.

제주도에 도착한 후 두 꼬마녀석들은 더욱 신이 났다. 제 나이 또래의 '정훈'이라는 조카 녀석이 합세했기 때문이다. 방에서 만나 서로들 좋아 손을 맞잡고 뛰는 모습에 은근히 질투도 났지만, 아래층 방에서 누군가 뛰어 올라오지나 않을까 매우 신경이 쓰였다.

매제의 운전솜씨가 좋아 우리는 차를 한 대 빌리고(Rent) 관광안내도 한 장을 보면서 3박 4일의 일정을 짜기 시작했다. 꼬마녀석들(3살, 4살, 6살)이 있는 관계로 무리하지 않게 잘 조정하였다. 점심 후에는 제주시와 서부순환도로 주변을 구경하였다. 특히 한라산 중턱에 한없이 펼쳐진 갈대숲이 매우 인상적이었는데 마침 라디오에서 T. V. 연속극 '여명의 눈동자'의 주제음악(Signal Music)이 흘러 나왔다. 우리들은 이곳이 연속극의 촬영장소로 이용된 곳이 아닌지 서로의 주장을 내세우기도 하였다. 이 주제음악이 요즈음 제주도에선 방송을 통해 하루 10여차례씩 나오고 있음을 나중에야 알았다. 아마 극중에서 제주도의 4·3사태를 다시금 재조명하고 있기에 시청자들의 눈에 익숙한 촬영장소인 이곳을 다시금 한번씩 관광객들이 느껴보도록 하기 위한 배려가 아닌지 모르겠다.

둘째 날의 일정은 성산포에 맞추었다. 아내는 내심 일출봉에 올라 해 뜨는 모습을 보고 싶어하는 눈치였으나 현실상의 어려움을 알아서인지 의견마저 자제하고 있었다. 멀리 차안에서 내다보이는 성산포 일출봉의 자태는 한 폭의 그림을 연상하기에 충분하였다. 아쉽게도 일출봉에는 올라가지 못하였다. 바람이 너무 많이 불어 꼬마녀석들을 데려갈 수 없었기 때문이었다. 다시 오를 날을 기약하고 발길을 돌렸지만 아내는 무척이나 서운한 표정이었다.

오후에는 산굼부리를 찾았다. 이번에는 주차장에서 가까운 거리여서 감기든 애들을 모두 데리고 갔다. 심한 바람 속에서 걱정하는 아내와 동생을 뒤로하고 분화구 구경을 하였다. 너무 바람이 거세어 내려올 때에는 아이들을 업어야 했지만 이런 경험도 성장하는데 좋은 거름이 되었을 것으로 생각된다. 이곳의 동부지역 조천이 4·3사태 때 격전지였기에 나는 이곳이 '여명의 눈동자' 촬영장소라 우겼지만 의외로 동조자는 없었다.

세째 날은 중문단지와 서귀포를 구경하기로 하였다. 제주도에 와서 한라산 1,950m 고지를 오르지 못한 아쉬움도 있어서 차량통행이 가능한 제 2 횡단도로를 따라 어리목 쪽으로 지나가기로 하였다. 어리목 입구에 다다르자 폭설로 인하여 도로는 하얀 눈에 덮여 있었고, '입산금지' 라는 팻말도 보였다. 하얗게 산 중턱을 감춘 설원과 한라산 정상의 의연한 모습에 경탄을 보내느라 모두들 들떠 있는데, 아내는 차가 안전하게 운행이 될까 마냥 안절부절못하였다. 그리고 차에서 내려 사진을 찍는 순간에도 빨리 움직이길 강요하였다. 눈밭에서 뒹구는 강아지 같은 꼬마녀석들의 모습이 마냥 귀엽기만 하였다. 하얀 눈과 운무에 쌓인 한라산의 모습과 금지된 팻말을 아쉬운 듯 몇 번이나 바라보고 서귀포로 향하였다.

여행을 마치고 숙소에 돌아오니 아는 친지로부터 여수행 비행기 표를 구했다는 연락이 왔다. 뛸 듯이 기뻤고 감사스러워 어떻게 할 수 없었다. 몇 번이고 감사의 인사를 드리고, 언제 꼭 내 고향을 방문해 주길 부탁드렸다.

제주도에서의 마지막 밤, 이국적인 분위기가 물씬 풍기는 이곳에서의 밤은 또 다른 느낌을 주었다. 아쉬움과 안타까움은 남았지만 예전처럼 섭섭하지는 않았다. 이제는 부담 없이 쉽게 또 올 수 있다는 생각이 들어서였다.

돌아오는 비행기 속에서 제주도 여행은 한가한 겨울 비수기에 며칠만이라도 몸과 마음을 쉬게 할 수 있다면, 성수기 때에 찾아와 사람들의 물결 속에서 시달리고 바가지 요금에 짜증내고 고생을 하느니보다 더 좋지 않을까 생각하였다. 그리고 다음 제주도 신혼여행때는 '신혼은 아름다워' 라는 방송 프로그램에 꼭 참여해 보자고 아내에게 속삭이자 그녀는 이내 내 무릎을 꼬집으며 잠시 노려보더니 어이없는 듯 웃음을 터뜨렸다. 두 꼬마 녀석들이 갑작스런 모습을 보고 눈을 크게 뜨고 근심스런 얼굴로 빤히 쳐다보았다. (1992)

내 아들 아, 스무 살이 되면 압구정동에 보내마

서쪽 하늘에 붉게 물든 저녁 노을이 도심의 고층빌딩 숲을 감싸 안으려 한다. 거리에는 나트륨 가로등 촉이 달아오른다. 벤츠 자가용을 몰고 고급 색안경을 낀 젊은이가 나타난다. 네온사인이 휘황찬란한 음식점에서 약속된 일행과 저녁을 먹은 후 그들은 분위기 좋은 카페로 자리를 옮긴다. 술한 잔에 대마초로 한껏 흥을 돋은 후 회원권이 있어야만 출입할 수 있는 나이트클럽으로 진출한다. 종업원의 도움으로 그럴듯한 아가씨와 짝짓기하고선 호텔로 자리를 옮긴다.

이것이 비교적 단순한 생활이 반복되는 압구정동 오렌지족의 하루다.

빨간 스쿠프를 몰고 압구정동에 나타나는 젊은이도 있다. 귀밑은 짧게 깎았으나 가운데 머리는 앞으로 늘어뜨려 코에 닿는다. 귀에는 크고 작은 귀걸이가 세 개씩이나 달려 있다.

모든 의상과 행동이 오렌지족을 지향하고 있다. 이른바 탱자족이다.

일주일이나 열흘에 한번씩 압구정동에 진출하는 젊은이들도 많다. 그들은 행위 그 자체를 즐기기도 하지만 분위기를 더욱 즐기고 사랑한다. 눈치볼 필요 없이 거리낌없이 행동하고 그 동안 쌓인 스트레스를 푸는 등 글자 그대로 젊음을 발산하고 재충전한다. 낑깡족이다.

압구정동에는 젊음만이 존재한다. 오렌지족, 탱자족, 낑깡족 모두 마찬가지다. 웃고 흔들고 떠들고 마시고 즐기는 문화만이 화려하게 장식된 곳이다. 낭만과 유희만이 그 젊음을 가꾸어 준다.

세조(世祖)의 등극을 위해 생살부(生殺簿)를 만들어 피를 불렀던 한명회(韓明澮)가 늘그막에 붉은 황혼을 보고 쓸쓸해하였다던 압구정(狎鷗亭)은 정녕 아니니 역사의 아이러니라 할까?

어쨌든 압구정동은 젊음의 거리, 소비의 거리, 환락의 거리로 바뀌어 가고 젊은이들은 이곳에 모여든다. 그리고 오렌지족이 되기 위해 발버둥치고 있다.

조금은 분류상의 오류를 범할지 모르지만 나는 압구정동의 젊은이를 위의 세 분류로 나누어 부른다. 그리고 이렇게 계층을 나누는 것이 그들의 속성을 쉽게 파악할 수 있고, 또 그들에 대한 이해의 폭도 넓힐 수 있으리라 생각한다.

초등학교 2학년 때였다. 구둣방 하시는 아버님 친구 분으로부터 구두 한 켤레를 선물 받은 기억이 있다. 흔히 말하는 '쎄무구두'라는 것이다. 신어보고 신어보고 먼지 털고 또 신어봐도 멋진 구두였다. 벗을 때는 잃을까봐 꼭 신장에 넣었고 아침이면 제일 먼저 확인부터 하였다. 하지만 나는 이 구두를 집 마당에서 신는 것으로 만족해야 했다. 겨우 고무신을 신고 나오는 친구들 앞에서 운동화 신기도 미안한 시절, 구두를 신고 나설 용기는 없었기 때문이었다.

중학교에 진학하고선 일본에 계신 아저씨로부터 가끔 미제 청바지를 선물 받았다. 매우 구하기 어려운 시절이었지만 그때도 나는 입어볼 용기를 내지 못하였고, 입지 못한 청바지는 번번이 친척들의 손으로 넘어가고 말았다. 그후 청바지가 물결치던 대학시절에도 나는 단 한번도 입어보지 못하였으니 대단히 고리타분한 녀석이었던 것이다.

압구정동도 오렌지족을 걱정하는 사람들이 늘어가고 있다. 그러나, 사회에 물의를 일으키는 것은 사실이지만 크게 걱정할 필요가 없다는 것이 내 생각이다. '쎄무구두'를 신지 못하고 '청바지'를 입지 못하여 전전긍긍하던 시대는 지났기 때문이다. 그리고 압구정동도 시간의 흐름 속에서 수요와 공급의 법칙이 자리할 것이기 때문이다.

'쎄무구두'와 '청바지'에 고민하였던 나, 침착하고 점잖다는 칭찬의 소리에 원색의 옷을 고르기조차 못하였던 내모습, 오히려 지금 옷걸이에 걸려 있는 몇 개의 원색 옷과 넥타이에서 압구정동을 지향하는 어설프기 만한 내 자신을 읽어본다.

내 아들이 스무 살이 되면 나는 그를 압구정동에 보낼 생각이다. 걱정일랑 꼭 접어두고. 젊은이는 젊은이다워야 하기 때문에 – 이집트 시대에도 요즈음 젊은이는 너무 건방지다는 피라미드 속의 낙서가 있었으므로.

그는 압구정동에 나가 좌절할지도 모른다. 지금의 내 아들의 모습이 아닌 새 모습으로 변할지도 모른다. 자신의 판단에 따라 낑깡족도 탱자족도 될 수 있다. 밀려들어온 자본주의를 맛볼 수도 있으리라. 영리하게도 그 속에서 청교도 정신(Protestantism)을 찾는 어리석음을 범할지도 모른다. 하지만 나는 어떤 기대도 유보할 생각이다.

내 아들아, 너는 스무 살이 되면 압구정동에 뛰어들어라. 그곳은 피할 곳이 아닌 젊음이 영원히 부딪칠 곳이다.
(1993)

省墓도 차별 대우 (?)

"아버님, 어머님, 세배 받으세요."

우리 내외의 세배에 이어 동생 내외의 첫 세배를 받으신 아버님께서 새해 당부에 여념이 없으시다.

"무엇보다도 먼저 건강하여라. 이제 한 집안의 가장이 되었으니 책임감을 가져라. 내외간에 문제점이 생기면 사랑과 이해로 슬기롭게 극복하길 바란다. 특히 신혼 초에 가계(家計)를 잘 꾸려야 내실이 있으며 필요 없는 지출은 삼가도록 하여라."

아마 직접 데리고 살지 못하여 걱정 또한 많으신 모양이다. 우리 내외에겐 한 마디도 언급하시지 않으셨다는 생각에 은근히 질투도 났지만, 당신의 며느리에 대한 믿음과 기꺼움이려니 자위하였다.

자식들 세배보다는 손자들 세배에 즐겁고 흐뭇해하시는 두

분의 모습에서 내리사랑의 의미를 느낄 수 있었다. 깔깔한 종이 지폐 두 장씩 손에 쥐어 주시고선 큰애에겐,

"석찬이는 초등학생이 되니 의젓해져야 한다. 건강하고 공부 잘해라."

하시고, 둘째에겐 한마디로 정리하신다.

"다은이는 오빠 말 잘 듣고 울지 말아라."

세뱃돈을 받아든 두 녀석은 할아버지 말씀에 제대로 귀기울인 표정이 아니다. 연신 대답은 하건만 눈은 빳빳한 지폐로 향하고 입가엔 함박꽃이 피었다.

떡국을 먹고 시골로 향하였다. 성묘도 하고 시골 일가친척들께 세배도 올려야 하기 때문이다.

가는 도중 차안에서 오늘 성묘를 어떻게 하여야 할까 생각해 보았다. 성묘해야 할 봉분(封墳)이 열 다섯이나 되기 때문이다. 산은 하나이지만 몇 군데로 흩어져 있기 때문에 여자들은 꼭 가야할 곳만 가서 성묘했었는데 오늘은 상황이 다른 것이다. 우리 집안에 새 며느리가 들어왔기 때문이다.

내 집사람인 큰며느리가 첫 성묘를 갔을 때 아버님께선 모든 산소를 다 찾으셨다. 힘들어하는 며느리의 심정은 아랑곳하지 않으시고 각 봉분마다 누구의 산소인지 자세히 설명하여 주셨다. 그 모습이 너무 엄숙하고 진지하여서 집사람은 힘든 내색을 보이지 않으려고 무척 노력하였다고 나중에 실토했다.

그런 아버님께서 둘째 며느리에겐 성묘에 대해 단 한마디 언급이 없으셨으니, 예나 다름없으리라는 짐작만이 가능했

다. 제수 씨께, 당연한 상황을 여쭤볼 수도 없으니 오늘만은 조금 고생할 각오를 하라고 귀띔하였다. 그리고 나는 아버님의 눈치만 살피고 있었다.

3대 할머니 산소에 성묘하면서부터 내 예상은 빗나가기 시작했다. 아버님께선 단 한마디 말씀도 없으셨고 대신 내가 산소에 대하여 설명하여야 했다. 몇 봉분을 거치면서도 아무런 말씀이 없으셨다. 동생을 유난히 사랑하셨던 큰어머님 산소에 성묘를 하고선 내가 용기를 내었다.

"여자 분들은 힘드시니 성묘 그만 하시죠. 꼭 드려야할 어른들께는 성묘 올렸으니."

아버님께서는 힐끗 나를 한번 쳐다봤을 뿐 이내 담담한 표정이셨다. 세월이 흐르니 당신께서도 많이 변하셨는가 보다라고 생각하니 문득 내 잘못된 봉양으로 인하여 아버님 행동이 위축되시지나 않았나 불안스럽기까지 했다. 어쨌든 큰며느리에게 보이셨던 자상하신 설명을 상기하면 큰며느리를 더 믿고 사랑하시는 듯 느껴졌고, 거꾸로 생각하면 헌 며느리보다는 새 며느리를 아끼셔서 힘든 일에 관용을 베푸신 것이 아닌지 자못 궁금스럽기까지 했다.

돌아오는 차안에서 나는 의문반 질투 반으로

"아버님께서 작은며느리에겐 퍽 관대하시던데요. 큰며느리가 시집와서 갔었던 첫 성묘에선 모든 봉분을 다 돌았는데요."

아버님께선 창밖을 응시하시면서 아무렇지도 않게 한 말씀 던지신다.

省墓도 차별 대우(?)

"그건 이제 네가 알아서 하는 것이야."

깜짝 놀랐다. 당신께선 며느리에 대해 차별대우하신 것이 아니었다. 형제들이 모두 결혼한 지금 집안의 대소사(大小事)와 우애 있는 생활을 내게 침묵의 거대한 힘으로 물려주신 것이었다.

우리 내외와 동생 내외가 그 의미를 되새기고 있을 때, 5살이 된 꼬마 녀석이 분위기를 반전시켰다.

"왜? 엄마! 할아버지는 숙모를 더 좋아해?" (1993)

어항속의 기형금붕어

　예전에 우리 가족은 아담한 정원을 가진 단독주택에서 여유 있게 살았다. 그러다가 아파트로 이사를 하였다. 그런데 아파트생활은 콘크리트 벽에서 느껴지는 차가움과 답답함으로 삭막한 분위기를 만들었다. 그나마 다행인 것은 우리 아파트가 1층이어서 화단을 마음껏 가꿀 수 있다는 것이다. 남천, 금목서, 유도화 등 몇 가지 꽃나무를 심어 분위기를 바꾸어 보았지만 좁은 화단을 바라보는 시선은 여전히 서먹서먹하였다. 그래서 집사람과 연구하고 친구의 조언을 얻어 응접실에 어항을 만들고 금붕어를 몇 마리 기르기로 하였다. 정서적으로도 좋을 뿐 아니라 아파트는 건조하기 때문에 습도도 일정하게 유지시켜 줄 수 있기 때문이다.

　남산동 시장에 가서 제일 큰 장독 뚜껑 하나를 사고 수족관 가게에 들려서 금붕어 3마리와 산소를 내뿜는 기구, 그

리고 금붕어밥 등을 샀다. 돌아오는 길에는 만성리 해수욕
장에 들러 모래밭에 널려 있는 조약돌과 조개껍질 몇 개를
주워왔다.

집에 돌아와 응접실 구석에 탁자를 놓고 그 위에 장독 뚜
껑을 거꾸로 놓아 어항으로 만들었다. 조약돌과 조개껍질로
금붕어 집과 놀이터를 만들고 물을 가득 채워 금붕어를 넣
었다.

금붕어들은 새로운 안식처에 만족하는 듯 좌우로 즐겁게
헤엄쳐 다닌다. 아이들은 더욱 좋아하며 자신들이 직접 금
붕어를 기르겠다고 야단이다. 금붕어에게 먹이를 많이 주면
오히려 금붕어가 죽을 수 있으니 안 된다고 하였다. 그러나
아이들이 걱정하지 말고 자신들을 믿어 달라고 하도 떼를
써서, 아들 딸 두 녀석에게 어항 관리를 맡기기로 하였다.

금붕어는 하루가 다르게 잘 컸다. 아들 딸 두 녀석이 사
랑해 준다는 것을 알고나 있다는 듯이. 그러나 두 달쯤 지
나자 문제가 발생하였다. 여러 사람이 많은 관심을 가져주
는 것은 좋은 일이었으나, 너무 자주 먹이를 주다 보니 그
중 금붕어 한 마리가 배가 뿔룩해져서 올챙이 배가 된 것이
었다. 그리고 가끔씩은 힘에 겨운 듯 배를 물위에 내놓고 거
꾸로 떠 있기도 하였다. 힘들어하는 모습을 보고 있노라니
제대로 기르지도 못한 우리 가족들 때문에 금붕어가 제 수
명을 누리지 못하고 가는 것이 아닌가 하는 생각이 머리를
떠나지 않았다.

무심코 던진 돌팔매에 개구리가 죽어가듯 금붕어의 생리

를 정확히 알지 못한 우리 가족의 우매함 때문에 이 금붕어가 정말 우리 곁을 떠나야만 하는지 불안하기 짝이 없다. 하지만 뾰족한 대책이 없었다. 많은 사람들에게 물어보았지만 살릴 방도가 없다고 고개를 가로 저을 뿐이었다. 그리고선 집에서 죽기를 기다리지 말고 빨리 내다 버리라고 조언까지 하였다.

아이들에게 금붕어가 죽는 모습을 보여주기는 싫었지만 그렇다고 아직 살아 있는 금붕어를 내다 버릴 수는 없는 일이었다. 고민 끝에 아이들과 상의를 하였다. 금붕어에겐 정말 미안하다고 마음속으로 사과하고선, 살아있는 동안만이라도 잘 돌보아 주기로 결정하였다.

그런데 금방 죽을 것 같던 이 금붕어가 다시 한 달, 두 달이 지나도 죽지 않고 계속 살아 어항 속을 유유히 헤엄쳐 다녔다. 처음에는 오랫동안 죽지 않고 살아서 고맙고 다행이라고 단순하게 생각했는데, 몇 번 우리 집을 찾아와 이 금붕어의 상태를 잘 알고 있는 친지들이,

"어, 이 금붕어 아직 죽지 않았네!"

하곤 외치는 횟수가 늘어나자 우리는 이 금붕어가 죽지 않는 이유를 찾아야 한다고 생각했다. 수족관을 경영하는 사람, 금붕어를 기르는데 일가견이 있는 사람 등 많은 사람들의 이야기를 들어보았지만 정확한 이유를 알려주는 사람은 없었다. 다만,

"우리 집 금붕어보다 너희 집 금붕어가 무척 오래 사는 것 같아."

라는 이야기만을 새롭게 알아냈을 뿐이었다.

1층이어서 금붕어가 오래 살까? 장독 뚜껑으로 어항을 만들어서 오래 살까? 여러 가지로 추측만이 될 뿐이었다.

그러던 어느 날 새벽, 건넌방에서 새벽기도를 마치신 어머님께서 상위에 떠놓았던 정화수를 들고 나오셔서 어항에 부어 주시며,

"금붕어야, 오래오래 살아라. 우리 집에 복도 많이 주고."

새벽마다 하루도 빠지지 않고 정화수를 어항에 부어주신 어머니. 그 경건한 모습을 보고 나는 그제야 우리 집 금붕어가 쉬 죽지 않는 이유를 알 수 있었다.

"이 물은 약수 물인데다가 부처님께 올렸던 물이니 그 정성과 영험이 대단한 물이다. 이 물을 먹고 붕어들이 더욱 힘을 내지 않았겠니?"

나는 다시금 어머님을 쳐다보지 않을 수 없었다. 그리고 그 어머님의 얼굴 위로 겹쳐지는 아버님의 모습. 20여 년 전, 연세대학교 부설 세브란스 병원에서 불치의 병으로 진단 받고 강제 퇴원 당하신 아버님. 그 아버님을 살리기 위하여 좋다는 민간요법은 모두 실시하여 끝내 완치시키신 어머님의 그 모습 그 표정 그대로였다. 정성이 지극하면 어떤 일이라도 이루어낼 수 있다고 믿고 계시는 어머님. 그 어머님의 믿음과 정성이 만들어낸 또 하나의 사랑의 결정체였던 것이다. 그러고 보니 새벽기도가 끝난 뒤 가끔씩

"깨끗한 물이다. 한 모금 마시고 나면 정신이 맑아지고 기운이 솟을 것이다."

하셨던 어머님의 말씀이 떠오른다. 그때마다 나는 어머님의 그 말씀을 믿기보다는 어머님을 기쁘게 해 드린다는 단순한 생각으로,

"아, 물맛 좋은데요. 감사합니다."

하며 기쁘게 그 물을 마셨었다. 그러면 어머님께서는

"맛이 아니라 복 받는 것이다."

하고 정색을 하셨던 것이다.

돌이켜보니 고향에 다시 내려와 부모님을 모시고 생활한 지 15년동안 별반 크게 아팠던 적이 없었던 것 같다. 그것은 내 자신이 몸 관리를 잘해서였을 줄 알았는데, 사실은 어머님의 이러한 사랑을 많이 먹고 복 받으며 살았기 때문이리라. 그러고 보면 항상 내가 부모님을 모시고 산다고 자부했던 것이 얼마나 주관적인 편견이었는가. 어머님께 새삼 부끄럽고 죄스럽게만 느껴진다.

어항을 들여다본다. 기형 금붕어처럼 보이는 우리 집 금붕어가 오늘은 유난히 사랑스럽게 보인다. 어머님의 정성이 내게도 조금은 옮겨졌나 보다. 그러나 이내 걱정이 앞선다. 어머님께서 오늘부터 열흘 간 외유를 떠나시기 때문이다. 그 열흘 동안 이 금붕어를 잘 길러야 하기 때문이다. 어머님께서 돌아오신 날 누구보다도 우리 집 금붕어가 가장 반길지도 모른다는 걱정 아닌 걱정이 앞서는 것은 기우(杞憂)가 아닐는지. (1997)

다섯

선운사에서 북경까지

깨이지 않아야 할 발리 섬

비행기가 기류에 흔들리는 탓인지, 우리의 설렘은 더욱 고조되고 있었다.

1월 18일!

자카르타에서 인도네시아 항공 비행기편으로 소문으로만 듣던 발리 섬의 덴파샤를 향해 우리 일행은 야릇한 흥분을 간직한 채 한 시간 가량을 날아야 했다.

기내에선 다른 나라를 방문할 때처럼 한국인이 많이 탑승하지 않아 고국에서 상당히 먼 곳임을 실감할 수 있었고, 소문에 비하여 기대에 충족되지 못하지나 않나 하는 일말의 불안감이 자리잡기도 했다.

공항에 도착하니 날씨가 흐려 비라도 뿌릴 것 같았다. 이곳에서 날씨가 흐리면 환상의 섬 발리의 참모습을 보지 못하리라는 생각과 내일은 날씨가 화창할 것이라는 필요 이상의 자기 주장이 마음을 줄곧 괴롭혔다. 여하튼 이곳에서 환상의 섬이라 불리는 이유와 그 진면목을 확인하리라 생각하면서 숙소를 향하였다.

발리비치호텔의 방갈로는 이국적인 정서를 흠뻑 느낄 수 있도록 잘 지어진 발리식 건축물이었다. 남들은 방에 있는 도마뱀을 보고 놀라기도 했지만 내게는 친근감이 부쩍 솟아나기만 했다. 특히 해변이 바로 인접해 있어서 남국의 멋을 한껏 느낄 수 있었다. 다만 부부동반의 여행이 대다수 손님에게 볼 수 있는 현상이어서 집에 있는 사람과 아이들이 무척이나 그리워졌다. 그리고 혼자만 멀리 떠나왔음이 미안하게만 느껴졌다. 돌아가서는 조금 더 관심과 애정을 배려해야만 하겠다.

다음날 우리는 원숭이 마을 등 발리섬을 관광하였으나 오전의 관광은 괜히 시간만 아깝게 허비한 것이 아닌가 하는 아쉬움만 내게 남겼다.

오후에는 바다에 뛰어들었다. 남태평양의 많은 영화를 생각나게 하는 바다. 그 바다의 품에 안겼다고 생각하니 마치 영화의 주인공이 됨직한 느낌을 맛볼 수 있었다.

발리섬은 생각보다 우리의 마음을 흡족 시키지 못한 채 밤이 되었다. 남국의 밤은 멋과 운치를 남길 줄 알았지만 기대를 충족시켜주지 못한 채 끝나야 하는가 하는 아쉬움이 계속되는 가운데 9시를 넘기고야 말았다.

나와 함께 방을 사용하던 양 선생님과 간단히 약주 한 잔 하기로 하고, 발리섬의 유일한 한국인 식당 Seoul Restaurant

주방장 겸 지배인 김성주 씨를 전화로 불렀다.

　김씨는 일을 끝내고 10시가 지나서야 나타났다. '수벡' 이라는 나이트 클럽에서 한 잔 하였는데 발리섬 출신으로 인도네시아 국립대 관광학과를 졸업하고 이 식당에 근무하는 친구를 한사람 데려왔다. 네 사람은 함께 어울려 많은 이야기를 나누었는데 여기서 기대하지 않았던 발리섬의 아름다움을 전해들을 수 있었다.

　힌두교를 섬 주민 전체가 믿고 있으며 이들은 신앙심을 바탕으로 욕심이 없고 매우 착한 생활을 한다고 이야기의 서두를 꺼냈다. 꽃바구니를 만들어 신에게 기도 드리는 일이 하루에도 몇 차례씩 계속되면서 항상 마음을 정히 한다는 것이다. 그러고 보면 오전에 목각을 주업으로 하던 집을 방문했을 때 향을 피워 꽃바구니를 대문 옆 단 위에 올려놓던 모습은 그들의 신앙심과 어우러져서 우리 일행의 방문을 감사하며 장사가 잘 되기를 기원하는 경건한 모습이었으리라.

　이러한 신앙심을 바탕으로 한 발리섬의 여자들은 정조관념 또한 철저해 술집에 나오는 여자가 전혀 없다고 얘기하며, 나이트 클럽에 보이는 여자들은 대부분 인근 외국인이거나 타지방 사람들이라고 설명을 덧붙였다.

　더욱 나를 매료시킨 것은 도둑이 없다는 얘기다. 집을 비우기 위하여 단속을 할 필요가 없으며 집집마다 문고리마저 없다고 하였다. 만약 도둑이 잡히면 법에 의하지 않고 그들의 계율에 따라 손목을 자른다고 한다.

깨이지 않아야 할 발리 섬

이러한 이야기를 듣는 동안 나는 묘한 감정에 빠져들어 갔다. 환상의 섬 발리라는 표현은 자연경관의 모습뿐만 아니라 발리섬 주민의 한없이 맑고 깨끗한 인간성을 표현한 것일 수도 있다는 것이다.

낮에 식당에서 식사를 하는 도중 식당에서 일하는 한 아가씨가 매우 예뻐서 모두 쳐다보았는데, 우리를 보고 짓는 환한 미소는 꼭 나에게 보내는 환영의 인사 같았다. 식사 후 우리는 서로의 이름을 물어봤는데 우리 일행 중 오 선생님이 나를 가리키며 'His name is Jagi' 라고 짓궂게 소개하자 그녀는 '자기' '자기' 하면서 나를 불렀다. 매우 예쁘고 환한 얼굴을 가졌다고 칭찬하면서 그녀의 사진을 한 장 몰래 찍었는데 수줍어하며 어쩔 줄 몰라 얼굴이 빨개지더니 이내 홍조를 띤 웃음을 보냈다. 발리의 아가씨들은 항상 발랄하며 자신이 좋아하는 부분에 대해서는 솔직하고 적극적이다는 현지 안내자의 설명과 함께 천진난만한 그녀의 미소가 이곳 발리를 환상적으로 엮어내는 것이라는 사실을 깨달을 수 있었다. 그러고 보면 발리의 진면목을 느끼게 해준 발리의 예쁘고 귀여운 아가씨 TRiAsTiTi양에게 감사와 사랑을 보낸다.

거짓없이 발랄하며 식생활이 풍족하고 욕심이 없어 월급의 의미마저 본인들에겐 퇴색되어버린 발리섬 주민들.

오늘 나처럼 아름다운 자연경관을 벗삼아 값 싼 물가, 풍성한 과일을 찾아오는 관광객이 환상의 섬을 파괴하고 있다는 생각이 미치자 애당초 발리 섬에 대해 잘못 인식하고 이곳에 찾아온 내 자신이 부끄러워졌다.

덴파샤 공항을 떠나 홍콩으로 향하면서 아름다운 발리섬이 문명의 이기로 인하여 자연경관이 파괴되고 주민들의 성스러운 심성이 빛을 잃어가지 않기를 간절히 빌어 보았다. (1990)

피 서
-도끼자루 썩는 줄도 모르고

40여 년만에 찾아드는 혹서(酷暑)라고 모든 언론 매체에서
열띠게 떠드는 모습과 그것이 공해와 연관이 있는 것으로
오존층(oxone層)이 파괴되어 지구가 점점 더 더워져 간다
는 그럴듯한 학설들, 피서지를 찾아 여름 내내 단 한번의 여
행도 떠나보지 못한 사람은 문화인 축에도 끼지 못하지 않
느냐는 듯 뇌까리는 그 치들을 접하면서 나도 올해는 가까
운 곳 어디에라도 다녀와야만 되는 것 같은 의무감이 짙게
마음을 누른다.

작렬하는 태양 아래서 하얀 포말이 갈증을 가시게 해주는
해수욕장에 누워 일광욕으로 몸을 태우고, 최소한의 헝겊 조
각으로 자신을 가리고 늘씬한 몸매를 자랑하는 아가씨들을
덤으로 바라볼 수 있는 피서지는 생각만 하여도 더위가 말

끔히 가셔지는 느낌이다.

하지만 해운대의 하루 인파가 100만이라고 하니 바닷가를 찾기는 대단히 어려울 것 같고, 날마다 보도되는 뉴스를 보면 산과 계곡 또한 나를 반겨줄 빈자리가 없을 것 같다. 오히려 바캉스 족들의 영향으로 서울의 교통 체증이 사라져 거리의 통행시간이 3배나 단축되었다는 경이적인 뉴스를 접하면서 피서는 서울로 가야하지 않을까 하는 생각이 드는 것은 유난히 뜨거워져버린 한반도의 지열 때문인지도 모른다.

어쨌든 피서(避暑)란 '신선한 곳으로 옮기어 더위를 피하는 일'이라고 정의해 볼 때 나에게 있어서는 바다, 산, 계곡 모두가 더위를 피하기 위한 장소라기보다는 더위와 함께 짜증내고 응석부리는 곳일 수밖에 없는 것이다.

사실 내게는 매년 여름마다 찾아가서 은밀히 즐기는 피서지가 있다. 여행경비는 물론 취사도구나 수영복마저도 준비할 필요 없이 책 한 권에 필기도구만 준비하면 그만인 곳이다. 시내 한복판에 자리를 잡고 있어서 교통편마저 불편이 없는 진남관. 호젓하고 한가로이 신선(?)들을 유혹하는 이 진남관은 삼복 더위가 기승을 부릴 때면 더욱 더 친근감을 느낄 수 있는 최고의 피서지인 셈이다.

진남관 계단을 한 계단씩 밟아 오르면 굵게 흘러내리는 땀 줄기가 등을 촉촉이 적셔 온다. 오늘의 기온을 뽐내기라도 하듯이 태양은 내리쬐지만 진남관에 들어서는 순간 지금까지 존재하였던 소음과 공해는 사라지고 적막과 함께 신선한 공기가 내 코를 스친다. 그리고 산에서 불어 내리는 서늘한 바람이 가슴 속 깊이 쏟아져 내린다.

과학문명이 오히려 자연을 파괴하고 있는 요즈음 나는 이 곳에서 선현들의 뛰어난 지혜를 배운다. 자연을 파괴하지 않고 지형과 기류를 그대로 이용하여 자연과 더불어 하는 지혜가 나타나 있기 때문이다. 섭씨 35도를 웃도는 더위 속 시내 한복판에 항상 시원한 바람이 피부를 윤택하게 하고 서늘한 가을인양 착각하게 하는 이 곳에서, 종고산의 지형과 기류를 인조물과 자연스럽게 조화시킨 선현의 모습을 상상해 본다.

상큼한 바람을 한껏 들이마신 뒤, 여수항을 내려다본다.

어머니의 품안처럼 포근한 바다, 그 남해 바닷가 눈앞에 펼쳐 보이고 신록의 장군도가 돌산대교를 뒤 배경 삼아 그 수려한 자태를 뽐내고 있어서 한 폭의 여름 '수채화'를 그려내는 듯하여 시원스럽기만 하다. 거대한 대양의 모습처럼 호연지기를 키우며 크게 한 번 심호흡하여 본다.

갑자기 갈증이 난다. 마음 같아선 저 바다를 삼켜버릴 것 같지만, 나는 서둘러 석간수를 찾는다. 목을 타고 내려가는 물줄기는 한기마저 느낄 정도로 시원하여 섬뜩섬뜩 하는 것은 이곳의 정경에 도취되어 환각 상태에 빠진 탓인지도 모른다.

한쪽에서 부채를 벗삼아 장기 두시기에 몰두하고 계시는 할아버지들을 보면서 아련히 떠오르는 고향의 내음을 흠씬 맡으며 나는 '삼국지' 한 쪽을 펼친다. 이 싱그러운 녹음 속에서 읽는 독서삼매경(讀書三昧境)이 가을에 읽는 독서의 기쁨보다 그 맛이 훨씬 그윽하고 상큼함을 모두에게 증명이라도 하듯.

해가 머리 위로 올라간 시간, 갑자기 하늘이 어두워지더니 소나기가 쏟아진다. 간장까지 시원해져 오는 것을 느끼는 것도 잠시 멀리서 속옷 바람으로 정담을 나누시던 동네 할머님들께서 한기를 느끼셨는지 모시 저고리를 주섬주섬 챙겨 입으셨고 곧이어 팔짱을 끼더니 나중엔 몸마저 웅크리셨다.

나는 자연의 변화무쌍하고 오묘한 신비에 적이 흥분이 되어 필기구를 꺼내어 몇 자 나열해 보았다. 그것이 자연의 신비와 조화에 대한 나만이 할 수 있는 예의인 것처럼.

급변하는 사회 속에서 항상 빨리만 강조하는 현대사회에 있어서 변하지 않고 항상 여유 있는 사람들만이 찾아오는 진남관. 유비와 조조의 덕과 지혜보다는 관우나 장비의 순수함과 우직함이 썩 잘 어울리는 이 여름의 진남관.

신선놀음에 도끼자루 썩는 줄 모른다던데, 자연 속에서 자연과 함께 하며 계절마저 잊어버리고 대자연에 순응함을 배우는 이 시간. 이 여름이 끝나는 날이면 썩은 도끼자루를 들고 새롭게 방황할 자신을 상상해 본다. (1990)

선운사 가는 길을 아시나요

　하얀 치아를 드러내는 것처럼 삼라만상이 백설에 묻혀 아침 햇살을 받는 모습을 상상해 보라. 가슴 속 깊은 곳에서부터 울려나오는 전율에 온 몸이 녹아 내리는 것을 느끼게 될 것이다. 꼭 자연이 아니라도 빌딩 숲으로 가득 찬 도회지에서도 마찬가지다. 밤새 찾아온 하얀 요정이 지붕과 나무 그리고 도로 위에 사뿐히 내려앉았다면 말이다.

　더구나 누구의 흔적도 없는 그 처녀지에, 이른 새벽 뽀드득 소리를 내면서 걸을 수만 있다면. 아마 자연이 창조한 아름다움을 공유하였다고 오만을 부릴지도 모른다.

　겨울이 되면 눈 오는 꿈을 자주 꾸곤 하였다. 성탄절에도 정월 초하루에도. 어린아이처럼 천진하여서도 순진하여서도 아니다. 일년 내내 눈 구경을 할 수 없는 지역의 특수성 때문일 것이다. 아니 하늘에선 분명히 눈이었는데 대지에 닿

을 때면 비로 변해버리는 그 안타까움이 더욱 눈을 그리워
하게 하는 것인지도 모른다.

대학 1학년 때, 이광수의 '유정'을 영화로 볼 기회가 있
었다. 그때 작품성보다도 눈 덮인 산야의 모습이 무척 인상
적이었다. 푸르른 나뭇가지 위에 덮인 하얀 눈꽃송이, 아무
것도 없이 오직 눈만이 쌓여있는 한가로운 논밭, 하얀 실선
으로 이어지는 산과 하늘의 공간 나눔, 더군다나 눈 속에 쌓
인 깊은 산 속 별장에서 화톳불 일구며 뜨거운 차 한잔 마
시는 모습이 모두 아름다움 그 자체라고만 여겨졌다.

2학년을 마치면서 내가 몸담고 있던 동아리에서 겨울수
련회를 떠났다. 어쩐지 썩 내키지 않아 적당한 핑계로 불참
하기로 하였다. 출발 당일 아침, 잘 다녀오라고 인사하러 나
갔다가 납치되다시피 동료들에게 끌려 고창 선운사로 직행
하게 되었다. 3박 4일이나 되는 일정을 오직 잠바 하나에 구
두만을 신은 채.

인생길이란 이렇게 숙명처럼 바뀔 수 있는 것이구나 하고
혼자 생각하다가 문득 고개를 들어 차창 밖을 내다보았다.
아! 차창 밖은 온통 은빛이었다. 소복이 내려앉은 눈이 태
양 빛에 반사되어 마치 은어의 비늘처럼 번쩍거리고 있었던
것이다. 가벼운 탄성과 함께 나의 마음은 눈 속에 녹아 내
리고 있었다.

그러나 버스가 고창 읍내에 도착하자 이 아름다운 설원은
나의 입장을 크게 반전시키고 말았다. 눈이 많이 쌓여 버스
가 선운사까지 운행할 수 없다는 것이었다. 기사님은 꼭 선

운사에 가려거든 걸어서 갈 수밖에 없으며 앞으로도 이틀쯤 지나야 차가 운행되리라고 주석까지 달았다.

계획대로 선운사에 가기로 한 우리 일행은 읍내에서 따뜻한 국밥으로 점심을 하고선 곧이어 출발하였다. 눈길을 걸어본 경험이 전혀 없는 나는 별 걱정 없이 길을 나섰다. 30여 분쯤 걸었을까. 길이 험해지기 시작했다. 30㎝이상 쌓인 눈으로 길을 분간할 수 없었다. 무작정 길을 가다가 눈 속에 몸이 허리까지 빠지기도 하였다. 더구나 구두로는 오르막길을 도저히 오를 수 없었다. 다 올라와서도 몇 번씩이나 미끄러져 땀이 비오듯 쏟아졌다. 동료들의 손을 빌어 조금씩 나아가기는 했지만 아직 반도 가지 못한 듯한 눈치였다.

그러고 보니 다른 일행에겐 내 존재가 짐이 되고 있었던 것이다. 갑자기 무서움이 엄습해 왔다. 책 속에서 눈길을 가다가 얼어죽은 사람들의 이야기가 이제서야 이해되기 시작했다. 사실이었다. 살아야 한다는 목숨을 건 노력이 필요했다. 더욱 열심히 몸부림쳤다. 그러나 시간이 흐를수록 생각뿐 몸은 점점 무거워졌고, 구두 덕택으로 나 혼자만이 미끄러져 내리고 있었다.

그로부터 한 시간쯤 허우적거렸을까. 갑자기 무서움이 사라지기 시작했다. 그리고 방금까지만해도 짜증스럽게만 느껴졌던 발 밑의 눈길뿐 아니라 먼 산과 들이 포근하고 따뜻한 모습으로 가까이 다가왔다. 그 편안함 속에서 내 신경은 무디어져 갔다. 나는 눈밭에 털썩 주저앉았다. 머지않아 눈이 다시금 내려 나까지 자연의 품속에 안겨줄 것 같은 느낌마저 들었다. 그 눈을 덮고 한숨 늘어지게 자고 나면 욕심도 고통도 모두 사라질 것 같았다. 나도 모르게 느껴지는 해방감. 그 긴장의 끈을 풀어주는 자유스러움에 한 마디 불쑥 던지고야 말았다.

"먼저들 가. 나 혼자 쉬었다가 조금 후에 갈 테니까"

동료들은 어이없는 표정으로 서로들 바라보았지만, 나는 아랑곳하지 않고 먼 산과 들의 은빛 비늘을 구경했다. 그리고 그 눈밭에 앉아있으면 모든 것이 쉽게 해결되리라는 생각을 떠올리며. 그 해결이 삶의 끈인지 죽음의 끈인지는 솔직히 나는 지금도 모르지만.

그저 아름답다라는 한 가지 생각으로 주위의 설경을 만끽하고 있을 때, 누군가가 내게로 다가와 내 허리띠를 풀었다. 그리고선 몇 개의 허리띠를 이어 나를 끌고 가기 시작했다. 아마 아무 말이 없었음은 나를 정상적이라고 판단하지 않았는지도 모른다. 그때서야 살아야 한다는 생각이 다시 들었다. 그리곤 흘러내리는 바지와 생명선인 허리띠를 움켜잡고 열심히 끌려갔던 것이다.

선운사 뒤편 암자에 도착해서 우리는 여장을 풀었다. 황태처럼 얼어버린 내 구두를 물끄러미 쳐다보면서 나는 삶과 죽음이 결코 그렇게 먼 곳에서 넘나드는 것이 아니다라는 생각에 젖어 있었다. 그날부터 돌아오는 날까지 내 생활은 여느 생활과는 크게 달랐다. 마치 처음 입산하여 설레임 속에 잔뜩 상기된 수도승처럼.

어쨌든 돌아오는 버스 속에서 나는 희미하나마 삶의 의미에 대하여 신기루 같은 꿈을 꾸었음을 확인할 수 있었다. 그리고 삶이란 말로만으로는 표현할 수 없는 저려움을 담고 있음을 느꼈다.

작년 겨울과 올 겨울, 두 해 연속 선운사를 찾았다. 그리고 그 옛날 추억을 더듬거려 만져보려고 온갖 노력을 기울여 보았다. '선운사 가는 길을 아시나요?'라고 카스테레오에서 흘러나오는 송창식의 노랫가락이 더욱 분위기를 살려주었다. 새로 만들어진 서정주님의 시비도 인상적이었고, 동백나무 숲도 정감 있게 맞아 주었다. 눈이 내린 뒤끝 이어서 눈길에 일부러 미끄러져 보기도 하였다. 하지만 이태 겨울을 이곳에 와서 찾고 또 찾아보았지만 그 때의 감흥, 그 때의 무자아(無自我)의 분위기는 연출되지 않았다.

사실 탐욕과 아집에 가득 찬 모습으로 나타나 눈밭에 뒹굴어 본들 그 옛날의 순수함이 나타나겠는가. 몸은 더욱 성장하였지만 눈처럼 깨끗하였던 영혼은 점점 추해져 가고 있으니, 눈밭에 앉아서 그냥 좋았던 그 마음을 어찌 공감할 수 있겠는가.

안타까운 심정으로 다시 길을 나서는데 하늘은 잔뜩 찌푸려 진눈깨비가 내릴 것만 같다. 눈. 그래, 진눈깨비라도 뿌렸음 얼마나 위안이 될까. 비행기 사고로 안데스 산맥의 눈 속에서 79일이나 사투를 벌였던 처절한 인간의 모습을 그린 영화 「얼라이브(ALIVE)」에서 칼리토스가 한 말이 떠오른다.

"죽음과 싸우게 되면 누구든 초자연적이 되죠. 전 거기서 신의 존재를 느꼈습니다."

초자연적 인간, 그것은 인간이 가장 자연을 닮은 모습일 것이다. 선운사 대웅전을 바라보며 이렇게 멀리서 대자대비 하신 부처님께 합장 올리는 것이 오히려 내게는 조금이나마 인간적인 것 같다는 생각을 떨쳐버릴 수 없다. (1994)

북경에서의 첫날 밤

I. 북경 시내 야경

중국에서의 첫날. 북경의 밤은 '이 곳이 북경이구나.' 하는 생각만으로도 묘한 흥분을 자아내기에 충분하였다. 그저 호텔에서 잠들어 버리기엔 아쉬움이 남았고, 그 아쉬움이 자신에 대한 무언지 모를 배신감이라고 생각하니 마냥 앉아만 있을 수는 없었다.

나는 후배에게 소개받은 현용남(玄勇男)이라는 조선족 청년에게 전화를 걸었다. 수화기에 들려 오는 이해 못할 중국어 소리에 통화가 어려웠다. 인내와 끈기로 이어진 다섯 번의 통화 끝에 감미로운 조선족 여인의 목소리를 들을 수 있었고, 곧이어 현군의 또랑또랑한 음성이 구세주의 목소리 마냥 울렸다. 20분 후 현군은 내가 묵고있는 호텔에 나타났다.

올해 나이 스물 두 살인 현군은 컴퓨터 부품을 만드는 전자회사 계장으로 근무하고 있었는데 고향은 흑룡강(黑龍江) 부근이라 하였다.

어느 곳이든 안내해 주겠다는 친절한 그의 모습에 나는 북경의 야경을 구경하고 싶다고 하였다. 천안문 앞, 번화가, 그리고 북경역 등의 야경을 구경하고 조선족 식당도 가보고 싶었다.

우리 둘은 택시를 한 대 대절하였다. 북경의 택시 요금은 3가지 체계를 가지고 있었다.

에어컨이 달린 외제 택시, 중국에서 생산한 소형 택시 그리고 우리 나라 다마스처럼 생긴 차도 택시로 분류되었고 각기 요금 체계가 달랐다. 그중 가장 좋은 에어컨 달린 외제차로 천안문 광장을 찾았다.

명절 때에는 수십만 개의 불을 켜 주변을 대낮처럼 수놓아 그 거대하고 아름다운 위용을 한껏 자랑한다는 천안문 광장. 그러나 그들의 경제사정을 나타내는 듯 주변은 모두 깜깜하였고 사람들도 보이지 않았으며 도로에는 자동차만이 달리고 있을 뿐이었다. 실망스럽기 그지 없었다. 1년 365일 항상 대낮처럼 불을 켜 밝히는 대만의 여러 건물들을 생각해 보니 두 나라 경제력의 차이를 피부로 느낄 수 있었다.

아쉬움을 뒤로하고 북경에서 가장 좋은 호텔을 찾았다. 예상외로 오색 찬란한 네온사인과 불빛이 주변을 환하게 밝히고 있었다. 같은 북경 시내에서 이처럼 심한 불균형을 느낄 수 있음은 자본주의의 물결이 시내 깊숙이 침투되었음이리

라. 어쩐지 내 자신이 어색해짐을 억누를 수 없이 간단히 사진만 찍고 북경역으로 자리를 옮겼다.

밤 10시의 북경역. 이곳에서 나는 12억 거대한 중국의 진면목을 찾을 수 있었다. 늦은 밤이건만 커다란 역앞 광장은 발 디딜 틈도 없었다. 나라가 크고 열차 사정이 어려운 이 나라 형편상 기차를 기다리는 사람이 인산인해(人山人海) - 광장에는 돗자리만 깔고 잠을 자고 있는 여행객으로 꽉 차 있었고, 대합실에는 수많은 사람들이 밀물, 썰물처럼 부지런히 이동하고 있었다.

그 장대함에 넋을 잃고 구경하고 있는데 누군가 내 어깨를 툭 쳤다. 뒤돌아보니 한 예쁜 아가씨가 미소를 머금고 있었다. 무슨 일인지 당혹해 하는 내게 그 아가씨는 여관 방 침대를 찍은 흑백사진이 붙여진 안내장을 한 장 들고선 내게 무언지 열심히 설명했다. 순간 나는 얼굴이 붉어졌고 난처하기 짝이 없었다. 이곳에도 호객 행위를 하며 몸을 파는 아가씨들이 있구나 하고 느꼈기 때문이었다. 더구나 안내문까지 가지고서 극성을 부리는 것은 자본주의 사회에서도 좀처럼 보기 힘든 광경이 아닌가?

언어가 통하지 않아 한마디의 말도 건네지 못하고 난감한 표정을 짓고 있는 내게 현군이 다가와 빙긋이 웃으며 위기에서 구해 주었다. 이 아가씨는 '려관(旅館)을 소개하는 안내원'이라는 것이었다. 그러면서 역 광장 모퉁이를 가리키며 즐비하게 늘어선 봉고 차들을 자세히 살펴보라고 하였다. 그리고 보니 봉고 차마다 여관사진과 설명서를 붙인 안내판들이 크게 매달려 있었고 여관에 투숙할 손님들을 부지런히 실어 나르고 있었다.

여관에 투숙할 손님들을 모집한다는 소리도 처음이려니와 그 손님들을 실어 가기 위해 봉고 차가 준비되어 있고 또 아가씨들이 호객 행위까지 한다니 도무지 이해되지 않았다. 다만 모든 분야에서 자본주의 경제체제로 빠르게 이행되는 과정에 와있는 중국의 모습을 느낄 수 있었다. 어쨌든 홍등가의 몸을 파는 여자라고 지레짐작한 내 자신의 속물적 속성이 무척 쑥스러워져 마음속으로나마 그 아가씨께 사과를 드렸다.

쓴웃음을 짓고 있는 내게 현군은 몇 가지 설명을 덧붙였다. 여관 손님들의 하루 숙박비는 약 10元(약 1,000원) 정도인데, 대부분 한 방에 5개의 침대가 놓여 있고 그 5개의 침대가 다 채워질 때까지 다른 일행도 함께 투숙시킨다고 하였다. 다른 손님과 함께 투숙하면 분실 사고가 생기지 않을까 궁금했지만, 믿음성 부족한 나라에서 온 사람이라고 생각할까 보아 그만 입을 다물었다. 다만 이 특이한 모습들을 카메라에 담고 싶어 아가씨에게 양해를 구하였으나 완강히 거절하였다. 할 수 없이 멀리서 차량만 한 장면 찍음으로 아쉬움을 달래야 했다.

Ⅱ. 북경 역 앞 조선족 식당

역 광장 옆에 즐비하게 늘어선 가게들을 구경하고선 조선족이 운영하는 음식점을 수소문하였다. 늘어선 가게들 끝에 조선족 음식점이 있다고 하였다. '김삿갓 술집'이라고 우리 말로 쓰여진 간판이 친근하게 동공 속에 빨려 들어 왔다. 한글 밑에는 '金笠'이라는 시인의 한자명(漢子名)과 함께.

우리는 맥주(북경 맥주) 두 병과 낙화생(땅콩)을 안주로 주문하였다. 차림표에는 우리 글자로 밑반찬의 종류가 고사리, 통배추, 깍두기, 콩나물, 도라지, 무생채, 오이 등 낯익은 얼굴로 고개를 내밀고 있었는데 대부분 3元(약 300원)에서 8元(약 800원) 정도의 금액이 표시되어 있었다.

시계는 밤 11시를 가리키고 있어서인지 손님은 우리뿐이었다. 종업원(從業員)아가씨는 북어무침을 준비하기 위하여 북어를 열심히 다듬고 있었다. 나는 그 아가씨를 우리 자리로 불러내 소개를 하고 합석시켰다. 이제 스무 살이 된 이 아가씨의 이름은 장미옥(張美玉)으로 연변 조선족 자치구에 있는 안도현(安圖縣)이 고향이라고 했다. 안도현 제 4 중학교를 졸업하고 올해 2월에 이곳으로 당(黨)으로부터 배정 받아 왔으며, 월급은 300원(약 30,000원)이고 쉬는 날은 일년에 단 한 번 이라고 하였다. 몇 년이 지나야 휴가가 주어지는데 2년 후쯤 고향에 갈 계획이라고 밝히면서 천진스런 미소를 머금었다. 취직한지 2년이 되어야 고향 한 번 찾을 수 있다는 사회제도의 불합리성에 아무런 불만도 없이, 2년 후엔 고향을 찾을 수 있다는 기대 속에서 생활하는 장양의 모습에서 무색무취(無色無臭)의 순수함을 엿볼 수 있었다.

식당 이름에 대해 설명해 줄 수 있느냐는 질문에 '김삿 갓'은 조선의 시인이며 삿갓을 쓰고 다녀 김삿갓이라고 불려졌다는 것밖에 모른다며 큰 눈을 끔벅거리는 모습 또한 독특한 인상으로 남았다.

조선족 식당이어서 주방장을 소개받고 싶다고 이야기했더니 무엇을 말하는지 오히려 내게 물었다. '요리사'라고 옆에 있던 현군이 거들자 그녀는 고개를 끄덕이며 부탁해 보겠다고 하였다.

조금 후 우리 앞에 주방장이 나타났다. 사실 주방장이면 한40대의 중년 남자인줄 알았는데 내 앞에 나타난 사람은 스무 살의 청년이었다. 크게 실망하였지만 내색하지 않고 몇 마디 얘기를 나누었다.

그는 조선족이 아니고 안휘성(安徽省)이 고향인 한족(漢族)이라고 했다. 이번에는 내 얼굴에 실망한 표정이 역력히 그려졌는지, 요리사 심장춘(沈長春)은 비록 자신은 한족이지만 조선족 요리에 자신 있으며, 가장 잘 만드는 요리는 해파리 냉채와 육회라고 묻지 않은 이야기를 큰 소리로 강조하였다.

조금 있으니 장양 또래의 조선족 처녀들이 4, 5명 나타났다. 부엌에서 나물을 다듬다가 내 얘기를 듣고 구경나온 모양이었다. 졸지에 입장이 뒤바뀌었고, 나는 그녀들에게 선(?)을 보여야 했다. 우리들은 기념 사진 몇 장을 함께 찍었다. 아가씨들은 호기심이 많았으나 함께 사진을 찍는데는 무척 소극적이어서 장미옥 양과 요리사만이 사진 찍는데 응해 주었을 뿐이었다. 하지만 그들의 행동이 밉지가 않았다. 깨끗하고 맑은 영혼의 선녀들과 함께 얘기할 수 있었음이 기뻤다. 그리고 이국에서의 아름다운 밤이 쉬 깊어감이 아쉬웠다. 북경 맥주, 조선족 처녀, 북경의 밤을 되뇌며. (1995)

그 때를 아십니까?

작년(1994년) 6월, 연강재단이 실시하는 해외학술시찰단의 한 사람으로, 전국에서 선발된 30명의 중학교 선생님들과 함께 열흘동안 중국 일대를 여행했을 때의 일이다.

옛 만주 땅 북간도였던 조선족 자치구의 연길시(延吉市)에서의 이틀째 오후, 나는 숙소인 동북아(東北亞) 호텔을 벗어나 이곳에 거주하는 여울이 엄마와 여울이, 한울이 그리고 소년궁 피아노 교사인 신(申)선생을 만났다.

나는 그 동안 내가 관심을 가진 조선족(朝鮮族) 마을에 대해 물었다. 여울이 엄마와 신 선생은 그런 이야기를 들었지만 한 번도 가보지 못했다고 하였다. 하지만 어떻게든 찾아보고 싶다고 그들을 졸랐고 나의 간절한 응석(?)에 신 선생은 하고 있던 소년궁 학생들의 피아노 지도를 다른 분께 부탁하고 기꺼이 나와 동행하여 주었다.

여울이 엄마와 여울이, 신 선생과 함께 택시를 대절하였다. 왕복운행에 20元(한화 약2,000원)과 한 시간 대기료 30元(약 3,000)을 주기로 하고선 조금 무모한 길을 떠났다. 단지 도문(圖們)으로 가는 길 쪽에 조선족 촌(村)이 있다는 귀동냥만을 가지고서였다.

연길시 중심에서 도문시쪽으로 약 40여 분을 달린 후 다시 북쪽으로 20여 분의 비포장 시골길을 달려 한 조그마한 마을에 도착하였다. 물론 몇 군데 들러서 묻고 물어 차를 되돌려 가며 찾은 곳이었다.

연집향(烟集鄕)에 있는 조그마한 마을로 여남은 초가집들이 옹기종기 웅크리고 있었다. 마을 입구에 들어서면서 나는 조선족이 사는 곳임을 쉽게 느낄 수 있었다. 황토 흙의 마을, 도로엔 소달구지가 지나가고 길옆에는 맑은 개울물이 졸졸 흐르고 있었다. 개울물 옆에는 사립문과 초가집이, 그리고 집 앞에서는 한 아낙네가 열심히 빨래 방망이를 두드리고 있는 정경. 그것은 마음 깊은 곳에 꼭꼭 숨어 꿈속에서나 볼 수 있었던 바로 내 어릴 적 시골의 모습이었다. 주마등처럼 뇌리를 스쳐 가는 정지용(鄭芝溶:1903~?)시인의「향수(鄕愁)」가 박인수, 이동원의 목소리로 귓가에 울려 퍼진다.

넓은 벌 동쪽 끝으로
옛 이야기 지줄 대는 실개천이 휘돌아 나가고,
얼룩배기 황소가
해설피 금빛 게으른 울음을 우는 곳,

-그 곳이 차마 꿈엔들 잊힐 리야.

질화로에 재가 식어지면
비인 밭에 밤바람 소리 말을 달리고,
엷은 조름에 겨운 늙으신 아버지가 짚베개를 돌아 고이시는 곳,

-그 곳이 차마 꿈엔들 잊힐 리야.

누구나 마음속에 간직하고 있는 고향, 거대한 팽나무 아래 초가집 굴뚝, 그 고향이 그곳에는 늙지도 않고 누워 있었다. 세월의 흐름을 아는지 모르는지 언젠가 찾아 올 손님을 영원히 기다리며 문명마저 거부하면서 늠름한 자태를 간직하고 있었다.

나는 새삼스레 눈시울이 뜨거워짐을 느끼면서 차에서 내렸다. 한참동안 감격에 겨운 눈으로 동네를 응시하다가 빨래하는 아낙네에게 조심스럽게 다가갔다. 낯선 사람에 대한 경계의 눈빛을 띠었던 아낙네는 이내 평온을 되찾고 다시 빨래하기에 여념이 없었다. 돌팍 위에 빨래 감을 놓고 한참을 부비고 물에 헹궜다가는 다시 방망이로 두드리는 숙련된 손놀림이었다.

그 모습을 지켜보던 나는 정중하게 말을 건넸다. 빨래하는 모습을 사진 찍어도 좋은지. 그러나 그녀는 조금은 수치스러운 표정을 지으며 거부하였다. 가난하게 생활하는 사람들의 모습을 찍으려온 사람쯤으로 생각되어서 자존심이 상한 듯 하였다. 나는 내 신분을 밝히고 옛 고향의 모습과 너

무 닮아서 이곳에서 멈췄다고 강조하고 간곡히 사진 찍기를 부탁하였다.

한동안의 갈등이 해소된 뒤 그 아낙네는 사진 찍는 것을 허락했고, 나는 한 장으로선 양이 차지 않아 수 차례 사진기의 셔터를 눌러야 했다. 내친 김에 가정집도 구경하였으면 한다고 부탁하자, 그 중년의 아낙네는 볼 것이 별로 없다고 답하였다. 그리고 어떤 집을 원하는지 내게 되물었다. 혹시 조선에서 건너온 사람이 거주하는 집이 없느냐고 묻자 그런 집이 있는데 주인에게 먼저 여쭤봐야 한다고 하였다. 그 아낙네는 옆집에 가서 한참 후에 돌아왔는데 늙으신 할머니 한 분이 뒤따라 오셨다.

할머니께선 북조선에서 열 살도 못되어 건너왔는데 너무 어렸을 때이어서 고향이 어딘지, 자신의 이름마저도 모른다고 말했다. 다만 성은 '리(李)' 씨이며 연세가 78세라고 하였다. 혼자서 생활한다고 하는데 50대 후반처럼 매우 정정해 보였다. 아마 무공해 고장에서 생활한 덕분이라 생각되었다.

방안은 조촐하였지만 매우 정결하였다. 추운 겨울을 나기 위하여 무쇠로 된 솥과 수동식 펌프가 방에 함께 있어 지리적 특성을 엿볼 수 있었다. 특히 옛날 우리의 시골 집집마다 있었던 조그맣고 네모진 괘종시계가 더욱 가슴을 뭉클하게 하였다.

할머니께선 조국의 소식을 투박한 함경도 사투리로 이것저것 물어보시더니 이내 눈물을 글썽이신다. 그리고 죽기 전에 고국에 한 번 가볼 수 있었으면 하는 소원을 토로하였다.

이런 이야기를 듣고 있노라니 불현듯 우리 민족의 한은 아직도 뒤풀이가 끝나지 못하였다는 느낌이 들었다. 우리 일행은 모두 숙연해졌고 눈시울을 적셔야 했다.

사진을 몇 장 찍고 옆집으로 향하였다. 길에는 농사일을 마치고 달구지를 타고 돌아오는 한 노인네가 보였는데 때마침 서산으로 넘어가는 저녁 노을과 어우러져 한 폭의 그림처럼 정겹게 느껴졌다. 더욱이 옆집인 초가집 지붕 굴뚝에선 연기가 모락모락 피어오르고 있었으니.

옆집은 마침 저녁 준비가 한참이었다. 오늘 저녁 식사가 무엇인지 여쭈어 보았다. 주인은 겸연쩍어 하다가 무쇠 솥을 열어 보여주었다. 죽이었다. 옥수수에다가 콩 등 5, 6가지 잡곡을 섞었다고 하였다. 맛을 좀 보고 싶다고 말했더니, 죽을 맛 보아서 무엇 하느냐고 미소 짓는다. 그리고선 국자로 국을 한 그릇 떠서 내게 주었다.

맛만 보려고 한 술 떴는데, 먹어 보니 어렸을 때 먹었던 '옥수수죽' 바로 그 맛이었다. 뜨거운 죽을 후후 불면서 너무 맛있게 먹었다. 마흔 두 살의 리칭팡(李淸芳)주인 아주머니는 이런 음식을 대접해서 너무 미안하다며 안타까워하였다. 나는 이런 무공해 식품을 서울에서는 부자들만 먹는다고 이야기하였지만 아무도 믿으려 하지 않았다. 함께 맛있게 먹고 있던 여울이가 자기 학교에서도 매주 수요일 점심시간에는 점심으로 옥수수 죽이 나오는데 35가지의 잡곡이 섞인다고 선생님께서 말씀하셨다고 하였다. 잡곡의 종류가 35가지나 될까 하는 의구심이 들었지만, 아무튼 서울에

가져가면 정말 대단한 무공해 영양식으로 대접받으리라 생
각하니 저절로 웃음이 나왔다.

떠나오기가 아쉬웠지만 약속된 시간이 되어 자리에서 일
어나야 했다. 택시가 대기한 곳으로 나오는데 리(李) 할머
니께서 뛰어 나온다. 저녁 준비하는 중이니 저녁 먹고 시원
한 맥주 한 잔하고 가야 한다고 고집을 부리셨다. 저녁에 '교
민 간담회'가 있어서 시간의 제약을 받고 있는 나로서는 상
당한 갈등을 느끼지 않을 수 없었다. 처음 보는 사람에게 단
지 고국에서 왔다는 이유만으로 우리 고향의 인심을 내세워
꼭 대접하시겠다는 할머니의 따뜻한 마음에 흔들리지 않을
사람이 어디에 있겠는가. 주변에 전화가 있는지 물어 보았
다. 그러나 그곳에 전화가 있을 리 만무하였다. 전화가 없어
서라는 별 이유 같지도 않은 이유를 대고선 할머니의 식사
초대를 가슴에 묻어야 했다. 꿈속의 고향을 떠나 현실의 세
계로 돌아오는 노정은 무척이나 가슴 아팠다.

재작년이었던가, 국내의 어느 텔레비전에서 한동안 방영
하였던 '그 때를 아십니까?'의 장면들이 「향수」노래와 함께
다시 한번 되뇜으로 메아리쳐 왔다.

흙에서 자란 내 마음
파란 하늘빛이 그리워
함부로 쏜 화살을 찾으러
풀섶 이슬에 함초롬 휘적시던 곳,

-그 곳이 차마 꿈엔들 잊힐 리야. (1995)

배낭여행중의 걸작선
-이탈리아 편-

1. 걸작선 하나

　로마에서 피렌체로 기차를 타고 가면서 차창 밖으로 보이는 이탈리아의 산하는 우리 나라의 산하와 너무나 흡사해 전혀 낯설지가 않았다.

　피렌체는 이태리어로 '꽃의 도시'라는 뜻이라고 한다. 르네상스 시대를 꽃피웠던 아름다운 도시 피렌체를 찾아 옛 거장들의 숨결을 느껴보고자 한다.

　피렌체 중앙 역에서 내려 르네상스 미술의 전당 우피치 (Uffizi) 미술관을 찾았다. 지도만 쳐다보면서 열심히 찾았건만 미술관 근처인 것은 확실하나 도무지 나타나지 않았다. 도우모 광장을 몇 바퀴 돌고서 겨우 미술관을 발견할 수 있었다. 그런데 입장권을 파는 매표소가 보이지 않았다. 주변을 서성대다가 용감히 전시관으로 들어갔다.

처녀 마리아가 성령에 의해 임신한 사실을 천사로부터 듣는 장면인 성고(聖告)가 가로 2.64m, 세로 3m로 시모네 마르티니에 의해 그려진 「수태고지」를 비롯하여, 14세기말에 신시대의 도래를 예고한 지오토의 「성모자」, 너무나도 유명한 보티첼리의 「비너스의 탄생」, 라파엘로의 「하와의 성모」 등 아름다운 르네상스의 미술품들이 멋진 모습으로 우리에게 다가왔다. 힘찬 붓의 터치와 함께 섬세하게 표현된 유화 작품과 정교하고 균형 잡힌 조각상들의 모습에 감탄이 절로 나왔다.

한참을 관람하다가 무엇인가 이상하다는 느낌이 들었다. 모든 관람객들이 나의 방향과 반대로 돌고 있었던 것이다. 갑자기 불안해졌다. 입구가 아닌 출구로 들어온 것이 아닌가 하는 생각이 비로소 들었기 때문이다.

마침내 나타난 출구(?). 그러나 그 출구는 나에게만 출구였고 다른 관람객에겐 입구였던 것이다. 어처구니가 없기도 하고 창피하기도 하였지만 입구로 나와 입장권을 사기도 어색하기 짝이 없었다. 할 수 없이 기지(?)를 발휘해 다시 한 번 관람하면서 되돌아 나왔다. 두 번 감상할 수 있는 영광과 함께 입장료를 절약하는 공훈을 세운 것이다.

입구 쪽으로 되돌아가 입장권 가격을 확인해 보니 이탈리아 돈으로 2만 리라(한화 약 1만원)였다.

2. 걸작선 둘

우피치 미술관에서 엄청난(?) 입장료를 절약하고 기차역으로 발걸음을 옮겼다. 시계는 오후 4시를 가리키고 있었는데 그제야 허기진 몸인 것을 알았다. 가까운 자율 식당으로 들어가 진열장에 보이는 음식 중 보기에 그럴 듯한 음식 몇 가지를 주문하였다. 그러다가 이탈리아에 왔으니 이탈리아의 음식도 맛보아야 할 것 같아서 나는 또 한 가지 음식을 주문하였다.

"실례합니다. 짜파게티 부탁합니다."

나의 주문에 주인은 난처한 표정을 지으면서 다시 한번 얘기해 달라고 하였다. 나는 발음이 나빠 알아듣지 못한 줄 알고 다시 한번,

"짜파게티"

하고 힘있게 외쳤다. 주인은 양손을 위로 들고 어깨를 으쓱 올리는 서양사람 특유의 행동을 하였다. 그런 요리를 전혀 알지 못하기나 한 듯이. 내 목소리를 알아듣지 못함에 내심 무척 불안하였으나 마지막으로 용기를 내어,

"짜파게티"

하고 애절하게 외쳤다. 그때서야 주인은 밝은 표정으로,

"스파게티?"

하고 미소를 지었다.

주인의 소리에 지금까지 내가 무슨 주문을 했는지 정신이 번쩍 들었다. 나도 모르게 한국에서 먹었던 라면을 주문하

였으니, 이태리 인이 알아듣지 못한 것은 당연하였다. 너무 우스워서 마구 소리내어 웃었다. 주인도 나의 행동을 이해하였는지 함께 웃었다. 생각만 해도 너무나 우스웠다. 무의식 중이긴 해도 '스파게티'를 어찌하여 '짜파게티'로 발음을 했는지 어처구니가 없었다.

모르긴 몰라도 그 집주인도 좋은 단어(?) 하나 배웠을 것이다.

3. 걸작선 셋

바티칸 시국을 관람하기 위하여 테르미니 역에서 지하철을 탔다. 로마 역시 아침이면 러시 아워(rush hour) 시간이 있는 모양이다. 많은 사람들이 지하철 입구로 밀물처럼 몰려들었다. 학생들과 직장인들이 대부분이었는데, 객차마다 만원이었다.

두 정거장쯤 지나 이름 모를 어느 역(사실 경황이 없어서 무슨 역인지 기억할 수 없었다)에 도착하자 많은 인파가 객차 안으로 쏟아져 들어왔다. 그때 어린아이의 손을 잡은 20대 후반의 젊은 여인이 내 품으로 안겨왔다. 뒷사람들에 의하여 밀린 모양이었다.

그런데 그녀의 가슴이 내 가슴에 맞닿았을 때 나는 호흡하기가 어려워졌다. 그녀는 탄력 있고 풍만한 가슴을 지니고 있었는데, 놀랍게도 노부라(no-brassiere) 상태였던 것이다. 더욱 나를 놀라게 한 것은 그녀의 두 손이 자연스럽게 나의 허리 뒤로 돌아가 나를 가볍게 껴안는 것이 아닌가. 갑자기 침이 바짝 마르고 가슴이 크게 뛰었다.

엉겁결에 그리고 반사적으로 나는 그녀를 밀쳤다. 그녀는 내게 쑥스러운 표정을 한번 짓고는 옆의 내 동료에게 또 안겼다.

얼빠진 사람처럼 한동안 서 있다가 나는 정신을 가다듬고 그녀를 자세히 살펴보았다. 대단한 미인은 아니었지만 예쁘장하게 생긴 동양적인 얼굴, 풍만한 가슴, 가느다란 허리, 그리고 각선미까지 갖춘 여인이었다. 이 정도 미모의 여자인 줄 알았더라면 조금더 내 가슴을 대여(?)해 줄 것을.

그리고 내게 남아 있을지도 모를 서양 여인의 채취를 느껴보려는 순간, 내 앞쪽에 서 있던 대학생이 이 여인에게 큰 소리로 야단을 쳤다. 이태리 말을 전혀 몰라 정확한 의미는 알 수 없었으나, 나는 이내 상황을 파악할 수 있었다.

이 여인은 소매치기였는데, 마침 옆에 섰던 대학생이 소매치기 현장을 목격하고는 크게 야단을 친 것이다. 대학생에게 소매치기한 지갑을 빼앗긴 이 여인은 뻔뻔스럽게도 자기를 잡은 이 대학생에게 크게 소리치며 항변하다가는 지하철이 다음 역에 도착하자 얼른 내려버리는 것이었다.

대학생은 지갑을 내 동료(roommate)에게 돌려주었는데 내 동료는 그때까지도 지갑을 분실한 사실을 모르고 있었다. 지갑을 본 내 동료는 깜짝 놀라며 점퍼 속에 손을 넣어보았고, 그간의 사정을 대충 파악하고선 자신을 도와준 이 대학생에게 고맙다고 연신 허리를 숙였다. 대학생은 이곳이 세계적인 관광지라서 저런 소매치기가 많으니 항상 소지품을 조심하라고 일러주었다.

그러고 보니 내 품에 안긴 그녀는 내 정신을 혼란스럽게 하여 지갑을 털려고 한 것이었는데, 나 혼자서 별별 상상의 나래를 펼쳤던 것이다. 소매치기 여인의 대단한 발상의 재물이 된 것 같아 씁쓸하고 허탈하기만 하였다.

여행 후, 이 대단한(?) 소매치기에 대하여 주위에 이야기하였더니 어느 선배 왈,

"나도 지갑 있는디!" (1997)

술 이야기
- 영국편

1. 영국에선 맥주 먹기가 힘들다는데

영국에 가서 영어를 사용한다. 대단히 신나는 일일 것이다. 하지만 내겐 신나는 일이라기보다는 두려움의 대상일 따름이다. [t]나 [d]가 미국에서처럼 묵음으로 처리되는 것이 아니라 제대로 발음되고, 혀를 많이 구부려 발음하는 미국인들을 경멸스럽게 생각하며 전통적인 영어발음을 하는 영국인들의 영어가 발음 나쁜 내겐 조금의 위안이긴 하지만.

런던에서의 첫날, 맥주의 본고장인 유럽에 와서 한잔 마시지 않으면 도저히 잠을 이룰 수 없을 것 같았다. 더욱이 유럽여행에서의 첫 번째 밤이 아닌가. 숙소 근처의 조그만 '퍼브(pub)'에 들어갔다. 퍼브는 'public house'의 약칭으로 우리 나라 선술집 정도의 의미를 갖는다. 우리 나라에서도 롯데호텔 지하에 있는 '런던 퍼브(London Pub)'에 가끔 간 기억이 있어 낯설게 느껴지지는 않았다.

진열대에 즐비하게 늘어서 자신의 자태를 뽐내고 있는 수많은 맥주들, 그리고 그 앞에는 생맥주를 쏟아내는 꼭지까지도 우리 일행을 유혹하고 있었다. 생각할 겨를도 없이 우리는 맥주를 주문했다.

"Beer."

그러나 어찌된 일인지 주인은 고개만 갸우뚱거리고 있었다.

"Beer."

발음이 나빠서 알아듣지 못한 줄 알고 또다시 발음해 보았다. 하지만 주인의 행동을 보니 전혀 알아듣지 못하는 것이었다. 그때 앞에서 술을 마시고 있던 손님 한 분이 가까이 다가와 무엇을 도와줄 것인지 물었다. 맥주를 마시고 싶다고 요청했다. 그는 진열장에 있는 맥주병들을 가리키며 여기에서는 맥주의 종류가 이처럼 많으니 마시고 싶은 맥주의 이름을 말해야 한다고 설명하면서 각종의 맥주에 대하여 설명하여 주었다.

퍼브에서 사용하는 음료수는 '비터(Bitter)'라고 부르는 미지근한 맥주로 한국의 맥주보다 약간 색깔이 진하고 쓴맛이 난다. 한국식의 맥주를 원한다면 '라거(Lager)'라고 말해야 하는데 그 중 '칼스버그(Carlsberg)'를 많이 마신다고 한다. 유명한 흑맥주(Stout)를 마시고 싶을 땐 '기네스(Guiness)'를 요청하면 된다고 하였다.

우리 일행은 고민하다가 흑맥주인 기네스를 시켜서 그 어려운 영국에서의 첫 술잔을 나눌 수 있었고, 언어의 고민은 저돌적인 용감함으로 어느 정도는 해결할 수 있으리라는 자신감을 얻었다.

그러나 다음날 점심 때 우리는 술 때문에 또 한번의 폭소를 치러야만 했다. 점심 값을 아끼려고 들어간 조그마한 식당에서 나는 간단한 주문을 하였다.

"브레던 밀(Bread and Milk)."

멋지게 혀를 꼬고 발음하자 웨이터는 내 발음이 어색했는지, 내가 주문한 내용을 그대로 다시 한번 발음하여 확인하였다. 나는 점잖게 고개를 끄덕였고 곧이어 식사가 들어왔다. 그런데 가져온 것은 '빵과 밀러(Miller)맥주'였다. 그는 우유를 맥주로 알았던 것이다.

낮부터 한잔했다.

2. 선택관광 : 퍼브(Pub) 순회

배낭여행의 장점은 자신이 좋아하는 곳에서 마음껏 시간을 보낼 수 있다는 것. 여행안내서를 통하여 런던에는 매주 수요일 저녁 6시부터 2시간 동안 전통 있는 퍼브 순회가 있음을 알았다. 언젠가 술에 관한 이야기를 써 보겠다는 꿈을 지니고 있는 내게는 무척이나 흥미로운 선택 관광코스였다. 마침 오늘이 수요일이어서 나는 퍼브 순회에 참가하기로 결정하고는 집합장소인 템플(Tample)역으로 가기 위해 지하철을 탔다.

6시가 되었지만 오후에 한 차례의 소나기가 많이 내려서 인지 순회에 참석할 관광객은 보이질 않았다. 더군다나 퍼브 순회를 안내할 안내원마저 보이지 않아 나는 좋은 기회를 놓치지나 않을까 초조해지기 시작했다. 역앞에서 신문 판매를 하고 있던 현지인에게 오늘도 여기에서 퍼브 순회를 하는지 물어보았다. 그는 매주 빠짐없이 순회를 하며 안내원은 꼭 나올 것이라고 부연 설명하여 나를 안심시켜 주었다.

나는 침착하게 기다리기로 하였다. 영국의 겨울은 날이 일찍 저물어 거리에는 네온사인 등이 아름답게 나신(裸身)을 자랑하고 있다. 귀가를 서두르는 행인들의 발걸음이 무척이나 빠르게 느껴졌다. 석간 신문을 사서 보는 사람들이 유난히 많아 신기하게 느껴졌다. 지하철에서 신문 읽는 사람들이 많은 이유를 알았다.

6시30분. 나의 뇌리는 복잡해지기 시작했다. 영국 사람들은 시간을 잘 지킨다던데, 이렇게 늦을 수 있을까. 혹시나 하는 심정으로 나는 곁에 서 있는 젊은이에게 혹시 퍼브 순회에 나오지나 않았는지 물어보았다. 그는 자신이 퍼브 순회 안내원이라고 자신을 소개했다. 그리고 오늘은 비가 내린 뒤라 여행객이 없는 모양이라고 이야기한다. 안내원과 나란히 서서 30분씩이나 서성거렸다니 우습기만 하다.

안내원을 만났지만 단돈 4파운드(약 3천원)를 받고 나 혼자만을 위해 안내를 할 것 같지는 않았다. 헛수고를 한 것 같아 무척 허전하였다. 그때 그는 여러 퍼브를 안내할 테니 출발해 보자고 나에게 이야기하였다. 그의 직업의식에 감사하면서 따라나서기로 했다. 미안한 마음이 들었지만 또 다시 이곳에 올 가능성이 많지 않았기 때문에 그냥 따라나서기로 한 것이다. 그도 책임감 때문에 나를 안내하기는 해도 많은 시간을 할애할 것 같지는 않았다.

하지만 내 예상은 크게 빗나갔다. 그는 자신의 소개부터 아주 자세하게 설명하면서 순회지마다 열과 성의를 다하였다. 특히 내가 영어에 서툴러 많은 부분을 이해하지 못하자 그는 이러한 사실을 곧 눈치채고선 이내 말의 속도를 느리게 하였다. 그리고 중간중간 내가 이해하지 못한 표정을 지으면 그는 새로운 어휘를 선택하여 다시 설명하였고 그래도 이해하지 못하면 이해할 때까지 두 번이고 세 번이고 계속 설명하는 정성을 보였다. 너무 미안하여 적당히 고개를 끄덕이기도 하고 가끔씩 잘 알아들었다고 이야기하여 그를 기쁘게 하기도 하였다. 그리고 내가 지니고 있던 소형녹음기를 보여주면서 잘 이해하지 못한 부분은 이 녹음기에 녹음되어 나중에 내용을 파악할 수 있으니 너무 걱정하지 말라고 이야기 해 주었다.

그는 내가 글을 쓰는 작가라는 것을 알고는 퍼브 외에 아직도 가스를 사용하여 실제로 불을 밝히고 있는 영국의 몇 개 안 남은 가스등을 보여주기도 하고 영어사전을 만든 존슨(Samuel Johnson)의 생가를 안내하는 친절을 보였다.

그가 안내하는 퍼브는 매우 다양했다. 대부분의 퍼브는 17

세기에서 18세기에 문을 열어 200년 전후의 전통을 지니고 있었는데, 주로 찾아오는 고객의 층이 한정되어 나름대로의 문화를 형성하고 있었다. 그는 가게마다의 역사와 특징을 먼저 설명한 후 자주 찾아왔던 이름 있는 문인들을 소개하였다. 그리고 가게에 진열된 문인 또는 유명인의 사진이나 편지 등을 일일이 소개하였다. 몇백 년 전 단골손님들의 사진이나 작품들을 가게에 진열하고선 무척이나 자랑스럽게 생각하는 퍼브 주인. 그 전통을 존중하고 사랑하는 영국인들. 이런 문화가 영국인의 전통과 자존심으로 오늘까지 이어져 오지 않았는가 하는 생각이 들었다.

안내원은 각 퍼브마다 가장 유명한 맥주를 한잔씩 하도록 세심한 배려를 해주었는데 그 술에 대한 설명 역시 빠뜨리지 않았다. 너무 고마워 내가 한잔 대접하려고 하였으나 그는 사양하기만 하였다. 설득하고 설득하여 함께 맥주를 나누었는데 그는 다음 퍼브에서 기어코 자신이 다시 한잔 사고야 말았다. 나는 한국의 문화에 대해 어렵사리 설명하였고 그 다음부터는 내가 계속 술을 살 수 있는 영광을 가졌다.

맥주를 마실 때마다 그는 가게 주인을 청하여 내가 대한민국에서 온 수필가라고 소개했고 주인은 내게 존경과 호감을 표시했다. 문인을 사랑하고 존경하는 그들의 생활태도가 부러웠다.

둘이 같이 맥주를 하면서 순회하다보니 약속시간보다 30분이나 초과하게 되었다. 그러나 내게는 매우 인상적이고 흐

못한 시간이었다. 나는 나만을 위해 많은 시간을 내준 그에게 우리 나라에서 가지고 간 각시와 신랑 인형과 함께 호주 머니에 있던 동전을 모두 꺼내 주었다. 그는 귀한 선물을 받고 좋은 친구까지 사귀게 되어 무척 기쁘다고 말하고 헤어짐을 섭섭해하였다.

여행을 마치고 돌아와서 녹음테이프를 정리하려고 살펴보았다. 퍼브 순회 뒷날 대영 박물관에서 급히 녹음하다가 전날 사용한 테이프를 다시 사용하여 안타깝게도 모두 지워지고 말았다. 안내원의 이름도 중요한 설명도 알 수 없었다.

어쩔 수 없다. 다음에 꼭 다시 한번 가봐야겠다. (1998)

신혼 여행은 브뤼헤로 가세요

   벨기에(Belgium)는 유명한 동화 「파랑새」를 낳은 나라이다. 영국에서 벨기에로 떠나려는 나에게 가이드는 브뤼셀(Brussels)에 가기 전에 브뤼헤(Brugge)를 방문해 보라고 강력히 추천하였다. 유럽여행 계획에 없던 곳이어서 잠시 망설였지만 속는 셈치고 일정을 조금 수정하였다.

   영국에서 브뤼헤에 도착하였을 때는 새벽 4시. 마침 도시는 옅은 회색의 안개에 싸여 있어서 처음부터 긴장감이 돌고 신비스럽기까지 했다. 브뤼헤를 방문하려면 꼭 새벽에 하라는 조언의 의미를 쉽게 짐작할 수 있었다. 옅은 안개 속으로 보이는 브뤼헤의 모습은 우리가 흔히 들어왔던 중세기 유럽의 모습을 그대로 간직하고 있었다. 중세기의 뾰족한 건물들이 모두 그대로 잘 보존되어 있었고, 특히 여기저기 흩어진 교회의 모습은 우리를 과거로 돌아가게 만들었다.

나는 노틀담 사원 앞에서 오늘 결혼하게 되는 내 처남의
결혼을 진심으로 축하하는 기도를 올렸다. 평생 한 번뿐인
결혼식에 참여하지 못한 죄스러움이 앞섰으나 이렇게 먼 타
국의 사원에서 축복해 주는 사람이 있다는 것도 행운일 것
이라고 스스로를 위로하면서.

날이 점점 밝아오면서 도시는 더욱 아름다운 자태를 드러
내기 시작했다. 거대한 도시는 아니지만 짜임새 있고 아름
다운 도시였다. 이곳을 천장이 없는 미술관이나 박물관이라
고 부르는 이유를 구태여 설명하지 않더라도 거리는 온통
예술품으로 가득하다. 회화적인 작은 운하, 교회의 탑들, 수
도원의 기념비 등 고풍스러운 자태를 옛 모습 그대로 간직
하고 있기 때문이다.

브뤼헤는 첨탑이 매우 많다. 생상 사원, 노틀담 사원 그리
고 광장의 종류 등이 쉽게 눈에 띈다. 특히 시 중심부에 있
는 마르크트 광장의 종루는 벨기에의 수많은 종루 중에서도
가장 아름다운 곳으로 꼽힌다. 1282년부터 14년에 걸쳐 사
각 밑부분이 만들어지고 정상의 8각형 탑이 200년 후인 1482
년에 완성되었는데, 이 탑은 브뤼헤의 번영의 상징으로 지
금까지 계속 울려지고 있다.

결혼한 신혼부부는 부르그 광장에서 출발하는 마차를 타
고 약 40분 동안 중세거리를 우아한 기분으로 즐길 수 있다.
도중에 구베긴회 수도원에 들러 볼 수도 있고, 공원에 내려
사랑의 호수와 백조를 배경으로 멋진 사진을 찍을 수도 있
다. 또한 운하 크루즈로 시내 일주 관광 순례를 하는 것도

운치 있을 것이다. 그리고선 성 안-하우스의 풍차를 관람하거나 바질리크 성혈 예배당을 찾아도 좋고 그로에닝 미술관이나 메믈링 미술관을 방문하는 것도 뜻 깊은 일정이 될 것이다.

관광을 마치고 이곳이 자랑하는 실크 수예품을 구경하고선 마음에 드는 것 몇 개 사는 것도 신부의 순결한 아름다움을 간직하는 느낌을 받을 것이다. 나는 후덕하게 생긴 한 아주머니를 발견하고 그 가게에서 예쁜 갓난아이 실크 운동화를 한 켤레 샀다. 오늘 결혼한 처남 내외에게 줄 결혼 기념 선물인 것이다. 예쁜 딸이 태어나 이 신발을 신어 보았으면 하고 빌면서. 주인 아주머니는 자신의 딸이 대학에 다니는데 전공이 한국학이라고 하면서 자신도 한국을 사랑한다고 덧붙였다. 한국을 이해하고 관심을 가진 주민을 만날 수 있는 인연이 즐거움을 더하여 주었고, 한국을 이해하는 외국인이 계속 늘어나는 것도 무척이나 고무적인 일이라고 생각했다.

브뤼헤 관광을 마쳤을 때 우리 일행 중 총각, 처녀들은 한결같이 신혼여행을 이곳으로 정해 꼭 다시 한번 찾아오겠다고 기염을 토하였다. 솔직히 이미 결혼을 한 나의 생각도 똑같았다. 나 역시 결혼 20주년에 내 집사람과 이곳을 방문해야겠다고 혼자 마음속으로 다짐했지만 다른 사람들에게 밝히지는 않았다.

여행 후 미혼의 젊은 사람만 만나면 나는 신혼여행을 어디로 가겠느냐고 묻고선 브뤼헤야말로 신혼여행의 최적지 임을 설명하곤 하였다. 얘기를 듣는 사람은 반신반의하면서도 내가 워낙 강경하게 권하니까 참고하겠다고 대답은 한다.

중세 유럽의 완벽한 거리를 사랑하는 사람과 거닐면서 성스러운 사원에 찾아가 둘만의 사랑을 맹세하고선 마차도 타고, 미술관도 들르면서 아름다운 추억을 만들다가는 둘만의 순결한 사랑의 징표인 양 실크손수건 한 장쯤 사서 돌아온다면 아마도 최고의 신혼여행이 아닐까.

브뤼헤는 사계절 중 어느 때 방문해도 아름답고 운치가 있다고들 하는데, 추운 겨울 한파 속에 둘러싸인 유서 깊은 풍경을 보는 것도 좋고, 봄이 와서 새싹에 둘러싸인 거리를 걷는 것도 좋다고들 한다. 그리고 가을에는 낡은 벽을 타고 오르는 붉은 담쟁이덩굴을 보며 오래된 그림을 보고 있는 듯한 기분에 잠기는 것도 좋다고 한다.

젊은 친구들이여, 복잡한 예식장에서 씨름하고선 항상 바쁘게만 뛰어다니지 말고 천장이 없는 미술관이라는 브뤼헤의 거리를 한가로이 누비면서 장밋빛 미래를 설계하는 시간을 가져보는 것은 어떨는지요. (1998)

그저 바라볼 수만 있어도

　밤늦게까지 부슬부슬 내리던 비가 아침이 되어서도 그치지 않고 조금씩 대지를 적시고 있다.

　중국에 와서 처음 맞아보는 비다. 그러고 보니 중국의 남부지방이 홍수로 큰 피해를 입었다는 보도와 함께 국제전화를 통해 비 때문에 고생하고 있지나 않은지 걱정하던 집사람 생각이 불현듯 떠오른다.

　한쪽에선 홍수로, 또 다른 쪽에선 가뭄으로 피해를 입고 있는 곳이 이곳 중국이라니 그 거대함에 무력감을 느끼지 않을 수 없다. 그런 가운데 오늘 내리는 비가 꿈에도 그리던 압록강에서 유람선을 타기로 된 우리의 일정을 취소시키지나 않을까 자못 걱정스럽기만 하다. 다행스럽게도 우리 일행을 태운 버스가 압록강을 향하여 출발하자 곧이어 비가 그쳤다.

압록강 선착장에 도착하였다. 인공기를 단 유람선이 긴 휴식을 끝내고 우리와 함께 살아 숨쉬기 시작했다. 건너편 북한 땅이 눈에 들어왔다. 자강도 우연군이란다. 강 양쪽 기슭의 배경이 비슷하였건만 우리 모두의 시선은 모두 북한 땅에서 떨어질 줄 몰랐다. 그리고 아무 말이 없었다.

가까이에 있는 내 조국 산하, 이렇게 많은 날들을 달려와 그것도 배 위에서 바라만 보아야 하는가. 하지만 가슴 저미고 50년을 살아온 이산 가족들을 생각하면 그저 바라볼 수만 있어도 얼마나 다행한 일이냐. 강기슭에서 노니는 한 떼의 오리들이 세월의 무상함을 일러주고, 파괴되어 기둥만 남아 있는 한 건물의 자취가 분단의 비극을 상기시켜 주는 듯하다.

강을 따라 내려가니 밭에서 일하는 농부도 보이고 인민군이 목욕하는 장면도 눈에 띄었다. 우리는 약속이나 한 듯 너나없이 모두 손을 흔들기 시작하였다.

"안녕하세요?"

그러나 그들은 힐끗 한 번 쳐다보았을 뿐 이내 고개를 돌렸고, 우리의 외침은 힘없이 허공만 가르고 말았다. 한참을 흔들던 손들도 제풀에 지쳤다. 반향 없는 메아리 마냥 허공을 내젓던 우리들의 손이 무척이나 어색해지는 순간이다. 그때 누군가 외쳤다. 우리는 남쪽을 대표한 민간사절이고 계속 손을 흔들다 보면 무엇인가 반응이 있지 않겠느냐고.

다시 용기를 내어, "안녕하세요?" 소리를 목청 높여 부르며 함께 손을 흔들었다. 그래도 반응은 마찬가지였다.

30여 분쯤 압록강을 따라 내려갔던 우리 일행을 태운 배는 다시 선착장까지 거슬러 올라와야만 했다. 그때, 기관사가 북한 땅에 가깝게 운항해 주겠다는 특별한 언질을 하여 우리 일행을 더욱 가슴 설레게 했다. 유람선은 곧바로 국경을 넘었으며 북녘 땅 기슭에서 15~30m 정도의 거리를 유지하였다. 그때까지도 우리는 계속 손을 흔들고 있었다. 그런데 바로 그 순간 반응이 나타났다. 우리의 끈질기고 우호적인 몸짓과 태도에 북한 주민들 중 손을 흔드는 사람이 나타났다. 그 동안 형식적인 손놀림을 반복하였던 우리들은 신바람이 나서 더욱 힘차게 손을 흔들었다. 나중에는 북한 인민군들마저 손 흔들기를 주저하지 않고 무어라고 소리까지 질러댔다. 가슴 깊은 곳에서 찡한 감동이 용트림 쳐 올라왔다. 누군가 "이것이 민족이구나!" 하고 나지막하게 한 마디하자 모두 고개를 끄덕였다.

　그때 조그만 산마루에 초등학교 학생인 듯한 아이들 7~8명이 보였다. 그들은 우리를 보고 마구 손을 흔들었다. 우리도 열심히 손을 흔들었고 소리치지 말라는 기관사의 주의도 아랑곳없이 마구 소리를 질렀다. 배가 그들 옆을 지나가자 아이들은 배가 진행하는 방향으로 뛰어내려 왔다.

　그 중 초등학교 5학년쯤 되어 보이는 소녀가 달리면서 외치는 소리가 커다랗게 뇌리를 진동시켰다.

　"잘 가라요~."

　뒤를 길게 빼면서 외치는 그 소녀의 소리가 산들바람을 타고 내 고막을 울렸을 때, 나는 갑자기 강한 감전으로 온 몸이 불타오름을 느꼈다. 저 조그마한 소녀가 무엇을 알기나 한 듯 한없는 여운이 담긴 처연한 목소리로 잘 가라고 한단 말인가.

"잘 있어요~."

굳은 약속을 한 것처럼 우리 일행은 눈물 속에서 열심히 외쳤고, 그 외침은 헤어짐이 아닌 재회에 대한 필연의 몸부림처럼 느껴졌다.

여행을 마치고 돌아와서도 나는 가슴 속에 각인된 그 소녀를 잊을 수 없다. 그 소녀가 통일에 대한 절박한 우리의 염원을 환영(幻影)으로 보여준 것이 아닌지 의구심마저 인다. 내 조국, 내 산하인 북녘 땅. 그 소녀 덕분에 낯설지 않았다.

요즈음도 라디오에서 유익종 님의 노래 '그저 바라볼 수만 있어도'가 흘러나오면 가사를 음미하면서 나도 모르게 눈시울을 적시곤 한다.

> 작은 그리움이 다가와 두 눈을 감을 때
> 가슴을 스치는 것이 무엇인지 모르오.
> 그저 바라볼 수만 있어도 좋은 사람
> 그리워 떠오르면 가슴만 아픈 사랑
> 우리 헤어짐은 멀어도 마음만 남아서
> 창문 흔들리는 소리에 돌아보는 마음. (1995)

그저 바라볼 수만 있어도

전라도 압구정동

인쇄일 초판 1쇄   1999년 11월 25일
       2쇄   2015년 10월 13일
발행일 초판 1쇄   1999년 11월 30일
       2쇄   2015년 10월 15일

지은이 정 목 진
발행인 정 진 이
발행처 새미
등록일 1994.03.10, 제17-271호

서울시 강동구 성내동 447-11 현영빌딩 2층
Tel : 442-4623~4 Fax : 442-4625
www. kookhak.co.kr
E- mail : kookhak2001@hanmail.net
가 격 8,000원

★ 새미는 국학자료원의 자매회사입니다.
★저자와의 협의 하에 인지는 생략합니다.